D+
dear+ novel
tsukiwa yorushika noboranai

月は夜しか昇らない

砂原糖子

新書館ディアプラス文庫

月は夜しか昇らない

contents

illustration：草間さかえ

月は夜しか昇らない
THE MOON ONLY RISES AT NIGHT

窓の外は今日も夜だ。

コーヒーカップを手にした玖月論《くづきろん》は、癖づいた習慣のように窓辺に立った。毎夜大した代わり映えもしない夜景に視線を送るのは、慣れた仕事にも多少なりと閉塞感《へいそくかん》を覚えているからか。

職場のビルより向こうは、二十一世紀ももうまもなく折り返しとは思えないほど静かな住宅街が広がっている。三十二階の窓より高いものは、遠いオフィスビル群と手前の八十階は優にある高層マンションくらいだ。

二〇四一年、都市部は超高層ビルが当たり前になって久しい。誇《ほこ》れるのは高さよりもデザイン性へと変わり、五百メートルほど先に見えるのもそうしたマンションだ。著名な外国人建築家が設計したとかで、ガラスのキューブを無秩序に神の手で積み上げたような特異なフォルムをしている。

昼は陽光を纏《まと》ってシンボリックなガラスの塔のように輝き、今はびっしりと灯《とも》った窓明かりが、まだ夜がそう深くないのを知らせる。

玖月は密《ひそ》かに時計塔と呼んでいた。

長身の右肩をガラスに預けるようにして眺めていると、手前のデスクでモニターに齧《かじ》りつく男が不意に言った。

「玖月さんって、この仕事長いんですよね？」

前のめりの猫背を向けたままの満安《みつやす》に、玖月は表情のない眼差《まなざ》しで答える。

「秋で丸七年になる」

「ええっ、七年も……」

今年大学を卒業したばかりの満安よりは年上だが、玖月もまだ二十六歳だ。年相応ながら、頭身のバランスのいいすらりとした体つきは、自由度の高い私服勤務なこともあり若く映る。

毎夜詰めてやるには、不毛な仕事だとでも言いたいのだろう。

気持ちはわからないでもない。女っ気もない室内には、雑然とも殺風景とも違う一種の異様さささえある。

フロアにいるのは、男ばかりの三人だ。

見た目の美しさや快適さを追求したオフィスとは異なり、潔《いさぎよ》く機能性しか重視しない職場に来客は間違ってもない。カーペットも貼られないままの剝《む》き出しの床は灰色で、広いフロアの中央で島となったデスクはモニターばかりが目立った。

黒曜石《こくようせき》のように艶《つや》やかな、薄い板状の巨大モニターだ。

小さな画面が、アイコンのように整然と並んでいる。右上にナンバーの表示された無数の画面の一つ一つには、映像の檻《おり》にでも捕らわれたように人が映し出されていた。

自宅、職場、行きつけのジムやバー。場所は主に室内で、すべて秘撮《ひさつ》——つまり盗撮だ。

『ルーム』と呼ばれるこの場所は、監視室だ。周囲十キロメートル四方ほどの区域内の対象者を常時監視している。

「なんだ、おまえも玖月と同じ、志願して入った変わりもんじゃねぇのか?」

満安の斜め前のデスクにいるのは、年配の延本《のぶもと》で、姿は巨大モニターに阻《はば》まれて見えなくとも突っ込む声だけはよく響く。

満安は配属されたばかりの新人だ。つい三日前、制服姿で敬礼しながら威勢よく入ってきた。

『警視庁刑事部、捜査支援分析センター第三捜査支援課一係所属、満安星陽《せいよう》巡査であります!』

制服なんて目にするのも久しぶりなら、袖《そで》を通したことなど遥か昔の玖月は、チームリーダーでありながら『ああ、うん』と鈍《にぶ》い返事になってしまった。『制服でくる奴があるかボケっ!』と叱咤《しった》したのは延本だ。

ルームに詰めているのは、法の番人である警察官だ。ここでは監視員と呼ばれており、当然違法性はないが、業務の性質上存在を大っぴらにはできない。

捜査支援分析センターの改編が行われ、監視を専門とする第三捜査支援課が設《もう》けられて十七年になる。二十年ほど前に社会問題となった、違法薬物『ポットスプラウト』による凶悪犯罪がきっかけだった。

ポットスプラウトは国内で開発された新種の薬物で、その生産現場を映像で押さえていたにもかかわらず、盗撮の違法性により証拠採用が見送られた。

結果不起訴となり、水際で食い止められたはずの薬物は瞬《またた》く間に広まり、強い幻覚作用を起こした中毒者が次々と凶悪事件を起こした。一つの事件で五人、十人と亡くなるケースも少なくなく、日本中が恐怖に陥《おちい》りパニックになった。

高まる捜査体制強化の声に、機に乗じるように制定されたのが通称ポット法だ。通信傍受法《ぼうじゅほう》の改正により、傍受令状発付《はっぷ》までの要件が大幅に緩和《かんわ》された。個人情報保護法に例外的な規定が設けられ、新たな法の制定でも合法化されて、秘密裏《り》の証拠撮影が可能となった。

被疑者の検挙率は99．9％。そのすべてを有罪に持ち込み、証拠を押さえるだけでなく、薬物の入手経路の解明やテロ行為の阻止《そし》など、犯罪を未然に防ぐ役目を果たしている。しかし、対象件数は今では東京都だけでも年間五千を超える勢いだ。

監視は容疑の固まった被疑者に限られ、嫌疑《けんぎ》は薬物、銃器、誘拐及び殺人などに関わる社会秩序を脅《おびや》かす組織犯罪。つまりは善良な一般市民は無関係――というのは、もはやただの理想に過ぎない。

大義名分の『安全』と引き換えに、日本もまた立派な監視国家となった。

三課の活動は、いつしか公安捜査の内幕並みに隠密《おんみつ》とされ、警察内部では誰も行きたがらない日陰部署だ。

多くは他所《よそ》の部署や警察署でトラブルを抱えた者が流れ着き、玖月のように警察学校の訓練を終えてすぐに自《みずか》ら配置を希望する者は稀《まれ》だった。

「えー、だって現場とか怖いし、疲れるじゃないですか～ここなら少人数でのびのびやれそうだなと思って！」

　変わり者に加わろうと、マイペースな満安は間延びした声を上げる。

　これが、いつの時代もいる『今時の若者』というやつか。「まさか伸藤《しんどう》課長、ここに顔出したりしませんよね？」と上司の名前まで挙げる男は、明るい癖のある茶髪を掻《か》き上げつつ、さらにのびのびと続けた。

「実は、ちょっとカッコイイなって思ったのもあるんすよ～監視が仕事なんて、昔のスパイ映画みたいだし、彼女できたら自慢できるかなって。なのに機密機密って、イマドキ堅苦しすぎじゃないですか～？」

「お、おまえ……適性テストからやり直してこいっ！　いや、警察学校からだ。だいたいなんで警察官になったっ？」

　そう言う延本も、なにかしら問題を抱え不毛の地に配属されてきたに違いない。

　同僚としては二年ほどの付き合いになるが、詳しい経歴は知らない。四十代前半で以前は品《しな》川《がわ》西署にいたことくらいか。

　新入りに簡単に嫌気が差されても困る事情もある。本来は朝昼夜をそれぞれ四名以上で回すのが理想のところ、立て続けに二人退職してしまい、待ち望んだ夜間の補充要員だ。

「玖月くんもビシッと言ってやって。チームリーダーなんだし。俺が言ったって、どうせ『年寄りがなんか言ってる～』くらいにしか思わねぇんだろうしさ」

「俺は三課に長くいるってだけですから」

「また、そんなこと言って。エースの自覚持ってくれないと」

実際、延本と階級は変わらない巡査部長だ。ここでは年齢よりも詰めた長さが立場を振り分ける。

やり取りを聞いていた満安は、デスクに戻る玖月の様子をじっと見ていた。制服もスーツも不要の職場で、たとえスウェットで出勤しようと咎《とが》める者はいないが、シンプルにノーネクタイの黒いシャツに同じく黒いパンツ姿だ。

黒髪も服も、やけに夜に馴染《なじ》む。

日暮れと同時にシャッターを下ろした店のように、玖月は愛想もなかった。市民と触れ合う交番勤務でもなければ、逮捕や取り調べで直接被疑者に会う捜査員でもない。

監視員に感情は不要だ。

いつもほとんど表情を変えない玖月よりも、窓の向こうでちりばめた光を点滅させる夜景のほうが、まだ賑《にぎ》やかで温かみも感じられるくらいだ。

「玖月さんって、なんか……カッコイイですよね。クールだし」

目が合うと、満安はひらひらと手を左右に振る。

「あ、いや、『なんか』じゃなくて普通にカッコイイんすけど！　こんなところに引き籠《ひこ》もってるのももったいないなぁなんて……」

「俺じゃなくてモニターを見ろ」

飲みかけのカップを脇に置いた玖月は、音声を拾う黒いイヤホンを左耳にかけると、自身のモニターを見据《みす》えた。

今はまだ研修中の満安のモニターと完全に連動している。

「あ、はい。みんな早く寝静まってくれると助かるんですけどね。あー、九番さんは寝酒ですかね」

「ポットだ」

「えっ、どこっすか⁉」

「九番だ」

「えっ、酒飲んでるだけじゃないですか？」

九番の画面には、テレビを観《み》ながらウイスキーを楽しむ中年男の姿が映し出されている。

「ボトルの隣にあるのはなんだ？」

「紅茶缶です。ファションですね。さすが金持ち、いい紅茶飲んで……あ」

「昼はもっともらしくティータイムを楽しんでたが、とうとう気が緩《ゆる》んだな」

紅茶を肴《さかな》に酒を飲む者はいない。

薬物で酩酊《めいてい》中と思われる男は、ピーナッツ缶のように小脇に抱き、紅茶缶から白い葉をつまみ出した。乾燥させた葉ではなく、育成中のスプラウトなのは少し意外だった。

ポットスプラウトの特徴は、なによりその栽培の容易さだ。容器《ポット》になるものさえあれば日光がなくとも育ち、真っ白な新芽は摘《つ》み立てでも乾燥させても効力を発揮する。大麻草《たいまそう》の栽培のように部屋を占領することもなく、家庭内菜園で自給自足が可能というわけだ。冷蔵庫の野菜室でもチェストの引き出しでもポット、バッグのポーチの中でさえポット。これほどの手軽さはない。

薬効は育て方次第で高めることができ、ポットそのものよりも肥料が麻薬組織を潤《うるお》わせている。

中毒者が凶悪犯罪に走ったところで、組織の利益にはならない。末永く得意客を続けてもらうのが理想で、品種改良されたポットは当初より幻覚作用は落ち着いたものの、中毒性は増して乱用者の数は今なお増加中だ。

組織との繋がりの深い者ほど、警察の監視も警戒しており、自宅であってもカモフラージュの手を抜かない。

「九番の依頼元は……あ、組対《そたい》ですね、すぐ連絡をっ」

「いや、九番の容疑は肥料の製造密売だ。しばらく泳がせる」

「……了解です」

満安の声が神妙になる。

単純な見落としが悔しかったのか、猫背を一層丸めてモニターに顔を近づけた男は、すぐに

「あっ」と声を上げた。

「十六番もそうじゃないですかっ？　ほら、手にしてる銀色のケース、筒《つつ》状のやつ！　あれ絶対ポットですよっ！」

玖月は冷静に応《こた》える。

「それは魚の餌《えさ》だ」

「さ……さかな？」

「もう九時になる」

黒いモニターの盤上《ばんじょう》で、デジタルクロックは正確な時を刻んでいる。十六番の映像に手を翳《かざ》し、中央にスライドさせて拡大すると、他の映像は遠慮したように左右に散り散りに分かれて小さくなった。

十六番に映し出されているのは、三十歳前後の男だ。

すっきりと流されたダークブラウンの前髪の下に覗く、華奢《きゃしゃ》なハーフリムの眼鏡。上部に位置した隠しカメラからは表情までは窺いづらいものの、満安の言うとおり、銀色の筒を手に部屋の中央へと移動したところだった。

四十畳《じょう》を超える広いリビングの真ん中に、際立った存在感を放つ水槽《すいそう》がある。

長さ二メートル、幅も六十センチほどはあるアクアリウムだ。立派な邸宅だろうと個人の家には珍しい大型の水槽で、中には色鮮《あざ》やかな海水魚が珊瑚《さんご》やイソギンチャクの周りをゆったりと泳いでいる。

同じく拡大した十六番を見る満安は、目を凝《こ》らす。

「魚に餌って……この水槽に入ってんの、まさか本物なんすか？　えー、結構デカい熱帯魚ですよ？　この青いやつとかも」

「ソラスズメダイだ」

「うわ、あり得ない！　魚なんてホログラムでいいじゃないですか。しかも自動給餌《きゅうじ》じゃないとか、金持ちの考えることって……」

「九時だ」

玖月は時報のように告げる。

十六番は水槽の上部のパネルを操作すると、ガラス蓋《ぶた》を自動でスライドさせ、銀色の筒を開いた。乾燥した粉のような餌を振る度《たび》、水面がきらめき、魚たちが勢いよく寄り集まるのが映像でも見て取れる。

「……ホントだ」

満安の呆れとも感嘆ともつかない声。

犬や猫でさえ今やロボットが珍しくない時代だ。水槽の魚に至っては、手を突っ込んでみないと判別がつかないほどホログラフィー技術が精巧《せいこう》になっており、気分によって泳ぐ魚も変えられたりと人気もある。

もはや、実物を飼育するのは物好きの世界だ。

「弁護士先生も変わってるけど、魚の餌の時間まで覚えてる玖月くんも大概《たいがい》変人だな」

延本の声に、満安が『えっ』となった。

「弁護士って……なんで十六番の職業知ってるんすか⁉」

ルームの監視員は被疑者の生活を覗き見するが、すべてを知らされているわけではない。依頼部署から流れてくるのは、顔と罪状などの必要最低限の情報だけで、場所は区域内の『どこか』と曖昧《あいまい》だ。

名前も住所も知らない。自宅と職場の両方を同じチームが監視することもない。たとえ同区内に職場があろうと、他のチームが担当するため、自宅側の監視員は職業を知ることはない。

カメラの設置は監視を専任とする一係ではなく、二係が行う。羽虫《はむし》のようなドローン型カメラを送り込み、必要な数だけ配置する。直径二ミリという驚異の極小サイズで、手のひらに載せても本当に虫にしか見えず、まず見つかることはない。

非効率な分業は、被疑者の匿名性《とくめい》を高め、プライバシーを維持《いじ》するため——というのは表向きで、監視体制を人権侵害と糾弾《きゅうだん》されないための措置《そち》だ。

けれど、監視員がいくら知りすぎないよう距離を取らされたところで、おのずと知れることは多い。

観察眼に長《た》けていればなおのこと。

「長いこと見てれば、だいたいわかるようになる。同居人がいれば名前だって呼び合うし、仕事を家に持ち帰る被疑者もいるからな」

玖月は画面の中の男を見つめた。

一定のリズムで銀色の筒を振る男。黄色に青に、ひらめくように水の中を過《よ》ぎる鮮やかな色。神経質そうな白い手をした男は、時折水面を覗き込み、いつもどおり十分が経過した頃スライドガラスを閉じた。

「生活習慣なんて、大抵の人間は大きく変わらない。起床時間、身支度の順序、帰宅時間、帰ってから寝るまでの行動。食後のコーヒーの淹《い》れ方や、魚の餌やりまで、みんな自分なりのルールとサイクルを持ってる」

淡々とした声で言いながら、画面の中を泳ぐように移動する男を玖月は目で追う。カメラは広さに応じた数だけ設置されており、自動的に対象者を追尾《ついび》するようプログラムされている。

自宅のどこにいても、ルームの目からは逃れられない。

独身とは思えないほど広々とした家を、男は案内するように移動した。魚の餌の後は、のんびりするでもなく、どうやら明日の仕事のチェックだ。

磁器《じき》タイルの床の青みがかったグレーに、壁の白と調度品のダークブラウン。

無駄のないシックなホテルのような住まいは、白壁に直接踏板のみが作りつけられた、手摺《てすり》すらないストリップ階段だ。今では宝石より価値があるとされるウォールナットの板が、上階へ向け鍵盤《けんばん》のように並ぶ。

男の目指す二階には、寝室以外に書斎があった。

「先生、仕事熱心だよねぇ。家に帰ってまで仕事仕事。寝る間際まで仕事。パソコンばっか相手にして、俺はいくら稼《かせ》げてもこんな生活は送りたくないなぁ。女っけなし、客もなし、ペットは懐《なつ》きもしないお魚で、ついでにポットもなし」

モニターを見てばかりの仕事で大差のない延本が言う。

十六番の嫌疑もポット絡みだ。『ついで』がもっとも重要ながら、発見される気配は今夜もない。

「あれ……そういえば十六番って、三十日過ぎてるね」

「はい、出るかもしれません」

玖月は、画面を見据えたまま応えた。

生活を丸裸にしての捜査だ。通常はルームに送られてすぐに、証拠や必要な情報は押さえられる。数日は普通、小一時間で終了することさえある監視の中で、十六番はもう一ヵ月以上も証拠が出ていない。

ただ、美しく勤勉であるだけの、味気ない無機質な毎日を画面の中で繰り返している男だ。

「出るって、もしかして、『ゼロポイント』ってやつですか!?」

満安は覚えたての隠語に声を弾《はず》ませ、「嬉しそうに言うな」と延本が窘《たしな》めた。

ゼロポイントワン。英語で０．１。小数点以下の確率、千人に一人以下の割合でしか発生しない無実の可能性が十六番に出てきたということだ。

七年のキャリアの中で、玖月もまだ片手ほどしか遭遇したことはない。監視依頼を受けるだけの三課のミスではなくとも、冤罪《えんざい》は歓迎できる事態ではなかった。

「おっかしいねぇ、メガネかけてる奴は隠し事があるってのが、俺の定説なんだが」

ボヤキながらも、延本の声音も満安と同じくどこか弾んでいた。慣れ過ぎた仕事とはいえ、まさか退屈凌《しの》ぎにちょうどいいなんて理由ではないだろう。

職務としては歓迎はできなくとも、そうであって欲しいという願いがあるのかもしれない。

ふと青空を仰《あお》ぐと、天頂《てんちょう》の太陽の眩《まぶ》しさに戸明依史《とあけよりふみ》は顔を顰《しか》めた。

手を翳してどうにか直視できる空は、傍《かたわ》らの色づいた街路樹も眩しく、風もないのに落葉する銀杏《いちょう》の葉でビルの入り口は黄金色に染まっている。

イエローコリスの黄色と、ソラスズメダイの青。

自宅の熱帯魚を思い浮かべながらも、事務所のビルに足を向ければ、無意識に溜め息が零《こぼ》れる。

「戸明先生！」

背後から呼びかけられ、まるで悪行《あくぎょう》でも見咎《みとが》められたかのように、スーツの背中をビクリとさせて振り返った。

「小南《こなみ》さん……ああ、もうお昼だね」

女性秘書の小南が、ランチの手提げ袋を手に立っていた。戸明は平均より少し高いくらいの身長だが、並んだ彼女は小柄でだいぶ見下ろす感じになる。

「先生、なんだかお疲れですけど大丈夫ですか？」

ビルのホールで、エレベーターを待つ間に小南は気遣ってきた。

「大丈夫だよ。銀杏が綺麗だと思って、ちょっと見てたんだ」

「お昼まででしたらすぐ注文します」

「そういえば……なにか買って帰るつもりだったのに忘れてた。助かるよ」

「昨日は野々《のの》社長との会食でお寿司でしたね。その前はケータリングのイタリアンランチで、月曜日は……今日は参鶏湯《サムゲタン》なんてどうでしょう？　疲労にも良さそうですし」

「いいね、寒くなってきたし、温かいものが食べたいな」

戸明はハーフリムの眼鏡の下で目を細め、笑みを浮かべた。

入社して一年未満とは思えないほど、気遣いも仕事もできる有能な秘書は、ランチの内容まで記憶してくれている。

六十七階の事務所のフロアに辿り着くと、戸明は自然と背筋を伸ばした。

「所長、おつかれさまです」

受付の女性の出迎えに、「おつかれさま」と普段と変わらず返しながらも、ホームに帰ったようなリラックス感はない。

ホワイトフォリス法律事務所。企業法務を中心に弁護業務を請け負《うお》うファームだ。現在十二名の弁護士が在籍している、戸明は三十一歳の若さながら経営者でもあり、いわゆるボス弁として事務所を纏《まと》める立場にある。

三年前、父親の跡を継いだ。

突然の不祥事だった。当時は倍近くの弁護士を抱える大手のファームだったにもかかわらず、社長であり弁護士でもある父親があろうことか背任《はいにん》行為で検挙された。

幸い事務所ぐるみの不正ではなく、父親も証拠不十分で逮捕には至らなかったものの、信用は失墜《しっつい》し多くの顧問契約を失った。

三年かかってもまだ立て直しは十分ではない。跡を継いだ戸明は常に厳しい眼差しを向けられ、叩けば化けの皮も剝《は》がれるだろうと試されることも少なくない。

収益を下げまいと効率の悪い案件も請け負ううち、業務はパンク寸前の綱渡りだ。再生を信じて残ってくれた優秀な人材を守ろうとすればするほど、その皺寄《しわよ》せは戸明自身に回ってくる。

毎日が疲弊《ひへい》している。

もちろん、そんな愚痴《ぐち》は零せない。

戸明は弁護士であると同時に、経営者でもある。出先でなにがあろうと、涼しい顔で戻ると決めていた。

水槽の中を泳ぐ魚のように。

事務所にも、受付から中へと続く白壁に埋め込まれた水槽がある。ホログラムのアクアリウムながら、昔は引退した父親の趣味で本物を飼っていた。今自宅にいるのがそうだ。手放さなかったくせして世話が面倒になったとボヤキ始めた父親に、家ごと管理を押しつけられた。

『不徳の致すところ』と悲壮な顔で辞職した父親からは、今も時折連絡がくる。

昨夜も地球の裏のカリブでスポーツフィッシングを楽しむ画像が送られてきて、日焼けした父の腕には三人目の妻になるかもしれない金髪碧眼《へきがん》の女性がぶら下がっていた。

そういう人だ。

今では、彼の遵法《じゅんぽう》精神を信じた自分のほうがどうかしているとさえ思う。同時に、息子を残してでも父の元を去った、一人目の妻である母の選択は正しかったとも。

「所長！」

フロアに入るなり呼び止められ、戸明は振り返るまでもなくトラブルだと察した。

「アンバーノの債権回収の件なんですが！　安村《やすむら》さんに相談したら十一月はもう手一杯で引き継げないって言われて、誰か……」

「裏田《うらた》先生、声が」

恰幅《かっぷく》のいい中年男の裏田は声も大きい。周辺のデスクの者は皆揃って目を逸《そ》らし、手の空《あ》いた適任者などいないのは手に取るように伝わってきた。

「あ、すんません、それで誰かほかに……」

「僕が受けますから、データを送っておいてください」

戸明は口調だけは事もなげに応えた。

余裕なんてずっとないが、ほかにいないのだから仕方がない。

フロアの奥の自身の部屋に向かうと、前室の秘書室で小南が声をかけてきた。

「先生、一つご提案が」

「……なに?」

「夕方からのフーズクロスの会議、神江《かみえ》会長が欠席されることになったんです。ほとんどの方はグラスでの出席に切り替えたそうですから、こちらも変更の連絡を入れてはどうでしょう」

「そうか、会長が来ないんだったら僕も……」

『グラス』は、アイウェアデバイスを利用した網膜《もうまく》投影での参加だ。

会社のトップはなにかと忙しい。会議などは顔を合わせずにすませるものだが、中には昔ながらのスタイルに拘る人もいる。

御年《おんとし》八十歳の会長もその一人だ。足を動かして出席しなければ信頼を損《そこ》なうと言われている。

「あー……いや、やっぱり直接伺うよ」

「えっ、でも会長は……」

「元々の予定だし、行って悪いということもないからね。心配してくれてありがとう」

戸惑う小南に微笑みかけると、声が響いた。

「戸明先生はまた無理してんですか」

「伊塚《いづか》くん……」

「グラスですむのに、わざわざリアルで出席なんて移動時間の無駄です。ここは石器時代ですか、会長に火は石と棒で熾《おこ》せって言われたらやるんですか」

いつからそこにいたのか、ガラス張りの秘書室の入り口に立った男は捲《まく》し立てる。

見るからに快活《かいかつ》そうな男は、若手弁護士の伊塚だ。

「ボス、ここは有能な秘書の提案を飲んではどうでしょう」

「だけど……」

「水が綺麗すぎたら魚もなんたらって言いますしね。会長の顔色ばっかり窺ってると、ほかの人たちの反感を買いかねませんよ。たまには足並み揃えて手を抜くのも仕事の内です」

いくら戸明が若きボス弁とはいえ、ここまで軽口で意見をしてくる者はほかにいない。

伊塚は目が覚めるほどのハンサムではないが、愛嬌《あいきょう》と親しみがある。言動は生意気と紙一重ながら目上には好かれる男で、父親の事件からこっち、暗くなりがちだった事務所のムードメーカーの一人だ。

「……そうだな」

戸明は自分でも嘘のように素直になった。

やり取りを見守る小南もホッとした表情で、傍らに立った伊塚はなおも言う。

「それと、俺にも仕事を回してくださいよ」

「え？」

「裏田先生の案件！　ちょうど一件、俺は手が空きそうなんで。戸明先生、途方に暮れてましたよね？」

「なんでそんな……」

言葉にも表情にも出したつもりはないのに、伊塚には見透かされている。

「ボスの考えは、だいたいお見通しです。だって顔に出やすいですもん」

「そんなわけないだろう。僕をからかう気か……」

戸明は元々、感情を露《あらわ》にするほうではない。弁護士というアドバイザー役に冷静さは必要ながら、三年前からは身内の中ですら気を緩めないようになった。

眼鏡を外さなくなったのもその頃からだ。

身に着けるのが癖になったレンズには、麻薬のような中毒性でもあるのか。透明な合成ガラス一枚とはいえ、自分の顔の中に、誰も直接目にしていない部分があるというのは妙な安心感を覚えた。

けれど、どんなにポーカーフェイスのつもりでいても、ヒョイと軽く飛び越えてくるのが伊塚だ。

身長も戸明と変わらず、目線の近い男は、屈託《くったく》ない笑いに白い歯まで覗かせる。

「本当にわかるんですって。前に一緒に回転寿司に行ったときも、『えっ、こんな店に俺をっ⁉』って感じに動揺してましたよね？」

不意に遡《さかのぼ》られた記憶に、戸明は焦《あせ》った。

「あ、あれは僕は初めてで慣れなかっただけで……」

「回転寿司ってなんですか？」

小南のさり気ない問いに、伊塚が答えた。

「二年くらい前かな。出先の打ち合わせが長引いて、戸明先生も俺も腹ペコで、『早くて美味《うま》い店知ってるんです』って俺の誘った先が回転寿司だったたって案件。回る台を見たときのボスの顔ったら！」

「あの店は美味《おい》しかったよ」

狼狽《うろた》えてフォローする戸明は、心からそう思っていた。普段接待やプライベートで利用してきた寿司店には遠く及ばないはずが、空腹もあってかとても美味しく感じられた。

振り返っても、あのときの浮き立つような気持ちが蘇《よみがえ》ってくる。

「本当に美味しかった。その、とても楽しかったし……」

「あっ、ボス、くれぐれも回転寿司の話はスピーチではナシでお願いします」

伊塚の優しい眼差しは、隣の小南に向かう。

戸明の続くはずの言葉は、表情と一緒に潮《しお》のように引いた。

「彼女、実はなかなかのお嬢様なんです」

「ちょっと、やめてよ」

職場にプライベートを持ち込まない秘書であるはずの彼女が、抗議するように彼のスーツの袖を引っ張る。

「ああ……」

「『ああ』って……もしかしてボス、来月の披露宴《ひろうえん》のこと、忘れてたわけじゃないですよね？」

「まさか。二人を祝うのを楽しみにしてるよ」

「よかった〜こう見えて、今から緊張してるんです、俺。でも、やっぱ彼女の家族や親戚にも祝福してもらいたいですからね。夢を叶えるためにも、ここは前進しないと！」

ほとんど耳を素通りする言葉は、粗《あら》くろ過《か》でもされたように微かな単語だけを心に残す。

「夢？」

「結婚して家を買ったら、彼女と犬を飼うのが夢なんです。あっ、ロボットじゃありませんよ？　本物の犬です。できればゴールデンレトリバーがいいなって」

二人は自然と顔を見合わせる。一年にも満たない出会いとは思えないほど似合いのカップルだ。

これほど祝福できる結婚もない。

面接で彼女を選んだのは戸明で、今では彼女なしに仕事は回らないほどサポートしてくれる素晴らしい秘書となった。

伊塚が気のいい男であるのも、よく知っている。彼が入社した五年前、戸明はまだ四つ年上の先輩弁護士でしかなかった。

懐いてくれる後輩ができて、嬉しかった。

「犬か……素敵な夢だね」

用意したスピーチでも読み上げるように応えた。

「でしょ？　来月は式やらハネムーンで休みをもらいますから、今月は思いっきり使ってやってください。さっきの裏田先生の案件も任せてくださいね？」

「ああ、わかったよ。君も僕も助かる、これ以上にないウィンウィンだ」

——自分のためではない、彼女のためだ。

確かにそうであったほうが、本当は忙しいに違いない部下に仕事を押しつける罪悪感も薄れる。

戸明は笑みを返し、数歩先の執務室へと入った。

閉ざした扉から離れるまでは、伊塚と小南の談笑の声が微《かす》かに耳に届いた。元々、昼休みに彼女と話すために追って来たのだろう。

部屋は明るく、光に満ちている。

元は父親の城であった執務室は、ビルのコーナーに位置しており、天井から床までガラス張りの眺望と開放感に拘った部屋だ。

地上高約三五〇メートル。周囲にも同程度の高さのビルはあるが、窓辺の人影を判別できるような距離ではない。

ガラスに囲まれた部屋であっても、誰もこちらを見ている者などいない。

澄み渡った青空にさえ羽ばたく鳥の一羽もおらず、神すら冴えない自分など見落としているのではないかと思えてくる。

「……どうりでツキがない」

戸明はふと本音を吐露《とろ》した。


「生きてるうちから神様になれるなんて、俺思ってもみませんでしたよ！」

ルームに馴染まない弾む満安の声に、玖月は水底から急にショベルカーででも浚《さら》い出されたように目を覚ました。

長椅子に横になっていた。奥の壁際は明かりを落としており、仮眠を取るにはちょうどいい。

ほの暗く映る天井は、一瞬自分がうつ伏せで寝ていたのかと思った。

空も地上もない。天井も床も同じ灰色なら、窓の向こうは今日も夜だ。

——十一時くらいか？

夜景に視線を送る。時計代わりのマンションは明かりが落ち始めている。

今日は昼の監視員が足りずサポートに回ったため、昨夜《ゆうべ》から帰らずにいた。度々《たびたび》泊まるせいで、だだっぴろいフロアにいくつかある長椅子の一つは、玖月のベッドのようになっている。

寝ぐせのついた髪を整えつつ、眩しい明かりに満たされた中央のモニターの島へと向かう。

「神様ぁ？」

延本が面倒くさそうに満安の相手をしていた。

「だって、これっていわゆる神視点じゃないですか？　すべて俯瞰《ふかん》で人の生活を見通せてしまうなんて」

今更なにを興奮しているのかと思えば、画面には若い女のしどけない姿が映し出されている。

満安が鼻息を荒くするだけあって、なかなかの美人だ。

覗き見されているとは露《つゆ》知らず、濡れ髪の女は羽織《はお》ったガウンの前もろくに閉じずに、彼氏のいる寝室にきていた。

監視対象の被疑者は男のほうだ。

監視は同性が行うと規則で定められており、一係の女性チームはルームの場所さえ違う。けれど、それも倫理上の批判を避けるための措置に過ぎず、異性の接触者の映り込みは完全には避けられない。

容疑と無関係の行動も、映像を一時的に停止《アウト》させる規則ながら、無関係であることの確認は適法《てきほう》とされている。

台本のない被疑者の日常に明確な区切りなどあるはずがない。通信傍受法が改正される以前から、傍受者の裁量に任されているのが実状だ。

「アウトしろ。だいたい女は関係ないだろうが」

呆れ声の延本は、仮眠中の玖月に代わって満安と連動させたモニターを確認しながら言った。

女のシャワータイムの間に寝てしまったらしい被疑者の男は、呑気《のんき》にパンツ一枚でベッドに伸びている。

「うわっ、待ってくださいよ。三十二番が寝た振りしてるだけかもしれないじゃないっすか。絶対見ておいたほうがいいですって、俺の勘です」

「一度でも勘が当たってから言え、新入り」

「失敗も勉強の内でしょうっ！　この先が大事なんです。もしかしたら、二人がクスリキメてやるかもしれないじゃないですか」

延本の盛大な溜め息は了承の意だ。

深夜番組でも観ることを許された子供のように、満安はキラキラした目をして前のめりになる。

「延本さん、あとはこっちで」

玖月はモニターの連動を引き継ぎ、満安は悪びれた様子もない。

「あ、玖月さん、おはようございます」

「……ああ」

デスクにつく玖月は、相変わらずの愛想なしだ。

不機嫌なわけではなく、いつもどおり。まだ晴れない眠気も加わり、デスクチェアの背もたれに深く体を預け、ぼんやりとモニターを見つめた。

延本から報告の声が上がらないところを見ると、新たな収穫はなかったのだろう。

満安がズームアップするせいで、こちらのモニターまで緩いガウンの合わせ目から零れる女のバストでいっぱいになった。

ベッドの男を起こす気配はない。むしろ起こさないように気を遣う女は、ナイトテーブルに置いたジュエリーケースとゴールド色のスマートバングルを手に取る。

バンドタイプの通信機器だ。機能はパソコンとそう変わらない。

どうやらもらったばかりのプレゼントの値踏み……に留まらず、売って小金に換えるつもりのようだ。恋人か愛人か、客に貢《みつ》がせているだけの夜の女か知らないが、随分と金に汚い。

「……やばい、女嫌いになりそう。てか、なんすかこの仕事、人間不信になりますって」

目の輝きを曇《くも》らせた満安がぼやく。

これくらいでがっかりしていては、神仏などとっくに人間を見放している。

「大丈夫だ。おまえの人間不信は最初っからだ」

「どういう意味すかっ！」

「適性テストに受かったんだろう？　そういうことだ。おまえは俺と変わらない人間なんだよ」

不謹慎なまでにはしゃぐ男を窘めない理由でもある。

部署としては人気のない三課だが、一係の監視員になるための適性テストは形ばかりのものではない。志願者が少ない上に合格ラインは厳しく、年中人手不足なのはそのせいだ。

いくつかの条件は想像がつく。

口が堅いこと。

他人に無関心であること。

人を監視しながらも、人に興味を覚えてはいけない。どんなに浮《うわ》ついて見えても、テストをクリアした満安の中には、自分と同じ冷めきった部分があるということだ。

延本もそうだ。退職した二人にも、玖月は通じるものを感じた。床の表面を居心地のいいカーペットで覆《おお》っているか、剝き出しの建築材の灰色のままかくらいの違いしかない。

「……まだ十時か」

ふと玖月は呟きを漏らした。

モニターの画面の中にも、稀《まれ》に同じ匂いのする者はいる。

魚の餌の時間の九時は過ぎていた。青みがかったグレーの磁器タイルのためか、巨大な水槽のせいか、その部屋はいつもひんやりとした空気を感じる。

そこで暮らす人間もそうだ。誰もいない部屋でも小奇麗に整えた服を着て、顔には眼鏡のレンズをかけ、広い室内を泳ぐように移動する男からは熱というものを感じない。

水槽の魚のように淡々と生きている。

ナンバリングの監視対象者に思い入れなどあるはずもないが、三十日以上も見続けているせいか、十六番の画面はすぐに見つけ出せる。

なんとなく目を向け、玖月は黒い眸《ひとみ》を瞠《みは》らせた。

もたれた背をバッと起こし、モニターの上で開いた右手を滑らせる。中央へスライドした十六番に、女のバストは端へと追いやられ、連動した画面を見る満安が「あっ」と不満そうな声を上げた。

次の瞬間、隣で満安も息を飲んだ。

「玖月さん……なんで泣いてんすか、この人」

「わからない」

いつもどおり書斎で仕事中とばかり思っていた男が、肩を震わせていた。

音声で拾った微かな嗚咽《おえつ》。部屋のサイドのカメラに切り替えると、正面を見据えたまま涙を流す男の横顔が映し出された。

十六番はパソコンの画面を見ていた。時折不快そうに眼鏡を押し上げて涙を拭《ぬぐ》い、ついには俯《うつむ》いてしまった男の目から、丸い粒を作った涙はぽろぽろと落ちて、ライトグレーのパンツの腿《もも》の色を変え始めた。

「誰が泣いてるって？」

「弁護士先生。十六番です」

満安の返事に、別の被疑者たちを見ていた延本までもが覗きにやってくる。

「先生、仕事してるんじゃなかったのか？　画面は？　映画でも観てんの？」

十六番が自宅で使っているのは、投影《プロジェクション》タイプのパソコンだ。モニターがなく、空間に画像を投射《とうしゃ》するため、僅《わず》かな角度のズレでも見えづらい。

「……天井のカメラを下ろします」

「えっ、飛ばすの？　平気？」

室内に設置されたカメラは、多少はルームからも操作できる。カメラの存在を悟られないよう滅多《めった》に動かすことはなく、あくまで緊急用の手段だ。

モニターの盤上に操作パネルを映し出すと、玖月は手を翳した。

虫に酷似《こくじ》したドローン型カメラの羽ばたきは、人間の耳の可聴域《かちょういき》にない。気づく素振りもない男の背後を、するすると天井からホバリングで蜘蛛《くも》のように降り、カメラの視点は下がっていく。

中央に捉《とら》えたパソコン画面をズームした。

「犬ですね」

玖月の言葉に、固唾《かたず》を飲んで見守る二人からは拍子抜《ひょうしぬ》けしたような声が上がった。

「え、犬の写真見て泣いてんすか？」

「犬に見えるなにかじゃないの？」

期待外れか。見紛《みまが》えようもない。

「いや、やっぱりただの犬です。ゴールデンレトリバーの仔犬ですね」

投影された画面の中では、カレンダー画像のように愛くるしい仔犬が舌を覗かせ、ゴールドの毛並みを輝かせている。

十六番の嗚咽は大きくなった。


ふと夜空を仰《あお》げば、頭上に満ちた月が出ていて玖月《くづき》は歩道で足を止めかけた。

ビルの合間を渡るように行く赤みがかった月は、昇り始めて間もないためか、そう眩《まぶ》しくはない。

久しぶりの休日だった。満安《みつやす》の研修期間が終わり、まともに自宅に帰ったものの、たまに長く居てもなにをしていいかわからず困った。

夕方までうとうとした玖月が、空腹を覚えて部屋を出たのは、結局日も暮れてからだ。

夜。不規則な夜型生活の助けともなっているいつもの二十四時間営業のレストラン。食事を終えても、繁華街はまだ賑《にぎ》わう時刻だ。帰りは少し遠回りし、人の多い通りを避けて裏路地を歩いていたところ、知った顔を見かけた。

平均より少し高いくらいの身長で、眼鏡をかけた男。スーツにベージュのベルテッドコートを羽織《はお》っている。

確かな見覚えがあるにもかかわらず、名前を思い出せなかった。そもそもスーツで働く知人は数えるほどで——そこまでさっと考えてから、男が十六番であると気づいた。

驚いた。

監視対象者を逮捕のニュースなどで見かけることはあっても、道端で直接目にするのは初めてだ。そうそう偶然に出会うものではない。

歩道で足を止めた男は、まるでこちらを意識する様子もなく、通り沿いの店を見ていた。

ウッドデッキのテラスがナチュラルな雰囲気の店は、ドッグカフェだ。飼い犬を連れてくるところというより、ロボット犬では満足できず、かといって様々な理由で本物の犬は飼えない人々の触れ合いの場になっている。

——そんなに犬好きなのか？

十六番が犬の画像を見つめて泣いていたのは、四日前だ。

怪しく感じられた。

三十日以上、監視を続けてきた中で、犬を好む様子は特になかった。人員を割《さ》いての尾行まではついていないのか、近くに捜査員が潜《ひそ》んでいる気配はなく、男が歩き出そうとして『あっ』となる。

ほとんど反射だった。

「犬、好きなんですか？」

玖月は思わず、引き止めるように声をかけていた。

急に呼び止められ、不審そうに振り返った男のレンズ越しの眸《ひとみ》が自分を捉える。

初めて、正面から十六番を見た。

「あ……すみません、ずっと見てるからそうかなって……俺も好きなんです、犬」

玖月は言葉を探した。喋《しゃべ》りには長《た》けておらず、出まかせを言うのは得意ではない。

「お、男一人じゃ入りづらいですよね、こういう店。あの、入りますか？　だったら、一緒にってのは……」

「……構いませんけど」

明らかに帰るところだったはずの男は、意外にも了承をくれた。しどろもどろの声かけは怪しすぎ、かえって真実味でも出たのか。

店員に案内されて入った店は、自然を意識したログハウス調の作りだった。南国のものと思われる木々のホログラムが、高い天井へ向け伸びている。いくらかは本物の鉢植《はちう》えのようだ。

フリードリンクの定額制で、席は自由と説明を受けた。

いきなり十六番と同席とはいかず、玖月は隣の丸いウッドテーブルの席を選んだ。

客は数組と少なく、犬の姿も多くはない。夜間は犬の自主性に任せられ、気が向かなければ奥の犬舎《けんしゃ》から出てこず、姿を現さないときもあるのだとか。

戸惑いつつ、チラと隣のテーブルを盗み見る。十六番はさして犬を待ち詫《わ》びる様子もなく、ドリンクコーナーで用意したコーヒーのカップを手に、ほかの客の戯《たわむ》れる姿を眺め見ている。

どういうつもりだと思った。

男のほうもだが、自分自身もだ。

捜査員の真似事をしたがるなど、自分らしくもない。そもそも監視対象者に接触するのは規則違反で、十六番がカメラの前で泣いただけのことが、それほど疑わしいかと突っ込みたくなる。

カメラの向こうで泣く人間は珍しくない。ポットを見つけるよりも多いくらいだ。

誰も見ていないはずの一人きりの部屋となれば、人が感情を解放するのは容易《たやす》い。

ここぞとばかりに大声で泣く者。さめざめと静かに泣く者。一晩眠って気持ちを切り替える者もいれば、毎晩のようにヒステリックに泣いて医者が必要だと感じた被疑者《ひぎしゃ》もいた。

十六番も彼らと同じ人間だったというだけだ。

ただ、自分とは違っていただけで――

「……わっ」

不意に強い力で腕を押され、玖月は身を仰《の》け反《ぞ》らせた。

いつの間にか傍《そば》に来ていた大きな犬に、『わふっ』と右手に頭突《ずつ》きを食らわされた。

犬の目当ては、入店時に席料代わりに受け取ったシルバートレイだ。人間のツマミではなく、犬のおやつが並んでいる。

「ちょっとっ、待っ……」

ビーフジャーキーは見事に床に弾《はじ》き飛ばされ、瞬《また》く間に犬に食べ尽くされてしまった。常習犯かという鮮《あざ》やかな身のこなしに、玖月は呆然となる。

「大丈夫ですか？　僕のをどうぞ」

十六番のほうから声をかけてきた。

「あ……すみません」

これが怪我の功名というやつか。

まだショックの抜けない玖月の後を、おやつ泥棒は悪びれることなく目を輝かせてついてきた。成犬《せいけん》ながら、十六番のパソコンに映っていたのと同じゴールデンレトリバーだ。

玖月はおやつを受け取る素振りで男のテーブルの空《あ》いた椅子に腰を下ろした。

ふさふさとしたしっぽを揺らす犬に、小枝のようなビーフジャーキーを一本与えつつ、反応を窺うように言う。

「ゴールデンレトリバーですね」

「そうだね。人懐《なつ》こいとは聞いていたけど、本当だ……可愛いな」

「この店は初めてですか？」

「ああ、うん……たまたま仕事の帰りに見かけてね」

「あ、残りはあげてください。ありがとうございました」

シルバートレイを戻すと、男は見るからに覚束《おぼつか》ない手つきでジャーキーを与え始めた。

犬に慣れている感じはない。コートは椅子の背にかけており、スーツの袖《そで》から伸びた手は、確かにあの十六番の少し神経質そうな白い手だ。

こんな顔と声をしていたんだと思った。

画面で見た顔と同じにもかかわらず、どこか違って映るのは、カメラではほとんど俯瞰《ふかん》で上《じょう》方《ほう》から見ていたためか。

一人暮らしで、独り言もない男の声はまともに聞いた覚えがなかった。勝手に硬質で冷ややかな声を想像していたけれど、思いのほか柔らかくて耳に心地のいい中低音だ。

ダークブラウンのさらりとした髪に、いつものハーフリムの眼鏡。肌は白く、近くで見ると品のいい整った顔をしているのがわかる。仕立てのいいスーツがよく似合う。

俯《うつむ》き加減に犬を見つめる眼差《まなざ》しは穏やかで、そういえば魚を見るときはこんな表情もしていたと思い出した。

「好きなの？」

不意に問われ、ドキリとさせられる。

「えっ……」

「犬だよ。どうしても店に入りたいと思うほど、犬が好きなんでしょう？」

「あ、ああ……好きです。でも、本物はとても飼えなくて。ほとんど仕事で朝まで帰らないし」

「朝まで……夜勤のある仕事かな」

玖月は関心を誘うように、いつになくよく喋った。

「画面見てるだけの仕事です。不審な動きがないかチェックするだけの」

「……警備員さんとか？」

「そうです。正解」

配属によっては取り調べも行う警察官として、会話の基本くらいは心得ている。

相手の警戒心を解くためには、まず自分が話さなければならない。真実を望むなら、こちらも可能な限り偽《いつわ》りのない真実を。

「退屈な仕事ですよ。毎夜同じことの繰り返しで。いつも起きてるのは夜だから、ずっと夜みたいな気がしてくるし」

「人は本来、夜行性ではないから……夜間の仕事は疲れやすいんじゃないかな。若くても無理はしないほうがいいね」

ジャーキーをすべて奪いにかかる犬の勢いに翻弄《ほんろう》されながらも、こちらを気遣ってくる男が意外だった。

だいぶ年下に思われているのかもしれない。出勤日でない今日は、黒のライダースジャケットにパンツ、緩《ゆる》いグレーのニットと、普段にも増して勤め人からはかけ離れた服だ。

モノトーンを好んで着るのは、単に色合わせの面倒から逃《のが》れるためだった。

「そうですね。ありがとうございます。あなたは？　犬は飼えないんですか？」

食べ終えた犬の頭をそろそろと撫でる男の横顔を、玖月は見つめる。

「僕は犬は好きだけど、飼いたいとまでは思ったことはないかな。責任が取れるか心配って言うか……魚をね、飼ってるよ」

「へぇ……ホロじゃなくて？」

「うん。今時珍しいだろう？　職場で飼ってたのを押しつけられてね」

「職場って……」

「法律事務所だよ」

「もしかして、弁護士さんですか？　すごいな」

十六番は嘘を交えていない。

とっくに知っている事実のくせして惚《とぼ》ける自分のほうがよほど嘘つきだ。なるべく一般的な反応をしようと選んだ言葉に、男は苦笑いをして首を横に振った。

「なにもすごくはないよ」

「そんなわけ……」

「本当に、すごくないんだ。確かに資格を取得するまでは頑張ったけど、その後は父の事務所に入っただけだからね」

大きな法律事務所に違いない。あの部屋が街の弁護士程度では住めないのは、縁遠い世界にいる自分にでもわかる。

警備員相手だろうと、十六番が態度を変えるタイプではないのも。

──冷徹そうなのは眼鏡だけか。

クールというよりも物静か。社交的とまではいかないけれど、人当たりも悪くない。犬も穏やかな男が気に入ったらしく、足元に身を寄せるようにお座りをした。

「なんだか、せっかくドッグカフェに入ったのに、僕とばかり喋らせてるね」

「犬は喋りませんから」

「はは、それもそうか」

十六番の口元に薄い笑みが浮かんだ。

初めて、笑うところを見た。

愛想笑いでも、自分がそうさせているのが奇妙な感覚だった。毎夜、一方的にカメラ越しに眺めるだけだった男が、すぐそこに座っていて、自分の言葉に応《こた》えている。

「でも、いいの？　君も犬を触りたいんじゃ……」

犬は嫌いではない。好きなのは本当だ。けれど、今は目の前の男のことを知りたい。

あの涙の意味が気になる。

――容疑と繋がりがあるのか、確かめたいだけだ。

自分に言い訳でもするように、玖月は思った。

「同僚以外と話すのは久しぶりです。俺の仕事は、一方的にただ見るだけなんで」

「僕も似たようなものだよ。クライアントとは仕事の話しかしないし、同僚とも……職場で素はあんまり出さないようにしてるんだ。その、頼りないとは思われたくないからね」

自信がないのか、ただの謙遜《けんそん》か。

仕事の話をする男はどこか自嘲的で、薄い笑みさえ消えて疲れたような表情へと変わる。

「働きすぎじゃないですか？」

「え……」

唐突な言葉に、男は目を瞠らせた。

「あ、いや……そんな気がしたから。弁護士って、忙しいんでしょう？　疲れ溜まりそうだなって。そんなにオンオフが変わる人にも見えないし。家の中でもきちんとしてそう」

「そうでもないよ。独り暮らしだしね」

「あー……家ではパンイチでうろうろするタイプとか？」

「はは、さすがにないかな。冷え性でお腹も弱いんでね」

「それはちょっとした『裏』ですね」

玖月は冗談めかした。会話の目的を見失わないよう気を引き締めつつ、ほとんどは無意味な質問を繰り出す。

「じゃあ、酒癖は？」

「付き合いで嗜《たしな》む程度だよ」

「女癖が悪いとか？」

「悪くなるほどモテない……って、初対面の人になにを言ってるんだろうね」

そろそろ質問を終わらせたがっている気配を感じ、玖月はカードを開いた。

「一人のときは意外に感傷的になるとか？」

「……え？」

「うっかり泣いてしまったり？」

犬の頭を撫で続けていた男が、すっと表情を消してこちらを見た。

「どうしてそんなことを？」

返った硬い声に、ドキリとなった。

人は触れられたくないことほど過敏になる。過剰なまでの否定で、あるいは肯定《こうてい》で、殻《から》のない心を言葉で防御《ぼうぎょ》しようとする。

「はっ……確かに、いい年して家ではメソメソなんて、とんだ『裏』かな。職場の人間が知ったらなんて思うか……やっぱり頼りないからついていけないって感じだろうな」

十六番は苦笑し、肯定した。

傷を受けないのではなく、自《みずか》ら傷だらけにして新たな傷に気づかないでいられるように守った。

泣いたことなどとうに知っている。

どうして。知るべきはその先だ。涙を流した理由を探るために声をかけたにもかかわらず、玖月は思い通りに動かない自分を感じた。

余計な言葉が口をついて出る。

「腹が弱いことにも及ばない程度の裏ですね」

「え？」

「みんなそんなもんですよ。裏でも完璧、変化ナシで涙の一つも流さない奴なんて、人としてどうかと思います。いないんです、ホントそんな奴……滅多《めった》に」

放った強い言葉に、男は息を飲んだ。

「君は……君も？」

問い返され、玖月は沈黙した。

どうして。早く理由を問えと、まだ冷静でいる頭の片隅だか大部分だかが急《せ》かしてくる。

「俺だって泣きますよ。なにかあったんですか？」

軽く一呼吸ついて尋ねた。

嘘をついた。同じ枠《わく》の中へ滑《すべ》り込むための口先の嘘を、男は書斎で仕事をしているときのような生真面目な表情で受け止める。

「なにって……そんな大したことじゃないんだけど……」

――後一押しだ。

眼鏡越しの眸を探るように見つめたいのを玖月は堪《こら》え、その瞬間、緊迫感をあっさり打ち崩すように犬が鳴いた。

突然『わふっ』と上がった声。急に大きくしっぽを振って、跳ねるような勢いで立ち上がったゴールデンレトリバーに、十六番も「わっ」となる。

驚いて身を仰け反らせた拍子《ひょうし》に、肘《ひじ》がテーブルのカップを強く突いた。

「あっ」

玖月は立ち上がった。

幸いカップは倒れずにすんだが、溢《あふ》れたコーヒーがテーブルの端から滴《したた》り、男のチャコールグレーのスラックスを濡らした。

「スーツが……」

体が咄嗟《とっさ》に動き、玖月はジャケットのポケットからハンカチを取り出して拭《ぬぐ》う。その瞬間、質問のことは頭から飛んでいた。

「汚れるよ、ハンカチは僕も持って……」

「もうどうせ濡れたんで、使ってください。ハンカチくらい、べつに捨ててもらって構いませんから」

犬はこちらを心配げに振り返りつつも、店の入り口へと飛んでいく。どうやら贔屓《ひいき》の常連客がやってきたようで、千切《ちぎ》れんばかりにしっぽを振る姿はどうにも憎めない。

十六番も同じだったようで、また口元が緩んだ。

「ありがとう、借りるよ」

笑った顔に、やっぱりなんだかホッとしてしまった。


戸明《とあけ》が、父親の事務所を初めて訪ねたときの印象は『カッコイイ』だった。

小学生のとき忘れ物を届けたら、秘書の女性が所内を案内してくれた。

子供は無邪気だ。働く父の姿は、たぶんどんな職業でも格好よく見えただろう。大人たちがスーツを着て、なんだか難しい言葉を言い合いながらキビキビと働く姿は、キラキラして見えた。

自分は尊敬の眼差しで父を見ていた。

今も、弁護士という職業に興味を持たせてくれたこと自体は感謝している。

「二代目になって、少しは体質も変わったかと思えば上面《うわつら》だけか」

午後、事務所のビルに戻ったところ、エントランスホールで偶然顔を合わせたクライアントに吐き捨てられた。父の不祥事以来、なにかとクレームを入れてくるようになった顧客《こきゃく》だ。

擦《す》れ違いざまに吐き捨てるほどの不信感であれば、いっそ切ってくれればいいのにと思いつつも、胸騒ぎがしてエレベーターに急ぎ乗り込む。

フロアに降りてすぐ、受付の女性社員の縋《すが》る眼差しに予感が的中したのを感じた。

「所長、お客様がいらしてます。游崎《ゆうざき》様です。しばらく戻らないとお伝えしたんですが……」

「ああ、わかった」

招かざる客は、勝手に戸明の執務室にまで入り込んでいた。以前より痩《や》せて小さくなりながらも、ただならぬ雰囲気を纏《まと》った和装の老人だ。

揃いの光沢《こうたく》のあるグレーの羽織に長着《ながぎ》。帯を太く回した独特の着こなしで、見るからにあちらの世界の人間だった。傍《かたわ》らには、付き人と称した眼光《がんこう》鋭いスーツの若い男まで従えている。

游崎組の元組長、游崎一《はじめ》だ。

「おお二代目、やっぱりすぐ帰ってきたじゃないか」

かつては振り回している印象のほうが強かった杖《つえ》をつきつつ振り向く老人は、動じた様子もない。

戸明は、努《つと》めて抑揚《よくよう》のない声を発した。

「どのようなご用件でしょうか。先日の会社の顧問契約の件でしたら、お断りしたはずですが」

「はっ、つれないねぇ。うちは真っ当な堅気《かたぎ》の商売をやってるってのに。少しは年寄りを気遣って花持たせてくれよ。最近、孫が冷たくてしょうがねぇ」

孫とは現役のヤクザの若頭《わかがしら》だ。ただでさえ事務所に厳しい目を向けられている中、旧時代から続く反社会勢力との関わりなど、商売の内容問わずもってのほかだ。

「二代目になって、ここもすっかり変わっちまったな。残ったのは上面の箱だけか」

エントランスのクライアントとは、真逆のことを言ってくれる。

かつての父の執務室で、眺めだけは変わらない窓辺に立ち、老人は言った。

「先代に預けたアレが気になってねぇ」

「あれとは」

「惚《とぼ》けなさんな。まだ無事なんだろうね？」

戸明は表情を緩めることなく返した。

「父が独断で受けたこととはいえ……そろそろ引き取っていただけませんか」

「こっちもそうしたいのは山々だが、どうにも最近は監視の目が厳しくてねぇ。手元に置いた日には、隠したってガサ入れ一発でおしまいだよ」

「いつまでもうちで預かるわけにはいきません。もう父も自宅にはおりませんから」

「今はあんたが住んでるだろう？」

年老いて老獪《ろうかい》さの増した游崎は、振り返ると嫌な笑いを零した。

「俺が知らねぇとでも思ったか？　一度交わした約束は果たしてもらう。こっちの世界ではな、約束は絶対だ」

「私の世界でも、約束は守られるべき契約ですが、口約束の効力には限界があります」

「……勘違いするなよ、坊主。こっちは手札を持ってないわけじゃねぇ。おまえの親父さんとは結構な仲だったからな」

「それは脅迫ですか？」

戸明は動揺を滲《にじ》ませまいと、澄ました顔を崩さずに返した。

父親は游崎とは仕事ではなく夜の銀座で知り合い、意気投合したと聞いている。個人的な飲み仲間とはいえ、羽目を外して弱みを握られていたとしても不思議はない。

「まさか、年寄りが駄々捏《こ》ねてるだけだ」

游崎は、カカカと奇妙な笑い声を立てた。まるで狡賢《ずるがしこ》いカラスの短い鳴き声だ。

開け放ったままの戸口に、いつの間にか秘書の小南《こなみ》が立っており、顔を引き攣《つ》らせている。

「し、失礼しました。来客中とは気づかず……」

「いや、大丈夫だよ。もうお帰りになるところだ」

「はっ、そんなに俺が事務所にくるのが嫌なら、次は直接伺わせてもらうか」

置物のように突っ立つ強面《こわもて》の男をしゃくった顎《あご》で促《うなが》し、老人は連れ立って出て行く。

戸明の肩の力がガクッと抜けたのは、デスクの椅子に腰を下ろしてからだ。

「先生」

「驚かせて悪かったね」

「いえ……あの、クリーニングを受け取っておきました」

「ああ、早かったね。ありがとう」

「スーツはロッカーに入れておきましたが、こちらはどうしましょう?」

差し出されたのは、ネイビー地にブルーのラインの入ったハンカチだ。ハンカチ程度の小物は普段は自宅で洗っており、特別なものだと判断したのだろう。

「それは借りものなんだ。できれば、返したいんだけど……」

受け取る戸明は、一昨日《おととい》の奇妙な出会いを思い出した。

一人でドッグカフェに入れず、声をかけてきた男。見知らぬ他人に声をかけるほうが、よほど勇気がいるだろうに、変わった男だった。

入ってからも、気がつけば犬と戯れるよりも自分に質問ばかりしてきて、新手のナンパなのかと少しは疑わなくもなかった。

『少し』から増えずに否定したのは、男が若く、あまりに整った容姿をしていたからだ。表に出ない職業はもったいないのではないかとさえ、感じたほどだ。

――二十代半《なか》ばくらいか。

間違いなく女性にはモテるだろう。

年齢的には三十一歳もくたびれてはいないけれど、自分のようなスーツの面白みもなさそうな同性をナンパするほど物好きではないに違いない。

実際、あれこれと訊いてきても、そんな素振りはなかった。

互いの素性も知らない、しがらみのない気安さからか、つい愚痴《ぐち》めいた発言までしてしまった気がする。

妙に察しのいい男で、端《はな》から働きづめであることまで気づいていた。偶然にも、家で泣いたことに触れられ、図星でも突かれたみたいにドキリとしてしまった。

『みんなそんなもんですよ?』

たぶん他愛《たわい》もない言葉だ。

流れでそう言っただけかもしれない。けれど、自己嫌悪していたところにすっぽりと嵌《はま》り込み、強く言われてホッとした。

どんなつもりだったにせよ、救われたのは事実だ。

今になって、名前くらい訊いておけばよかったと思う。

名前を訊いたところで、借りたものを返す先はわからないけれど。

「一応、お礼を用意したいな。ハンカチを返すのにちょうどいい、大袈裟《おおげさ》にならない程度のお礼ってなにがいいかな」

戸明は手にしたハンカチから視線を起こすと、傍らに立つ小南を仰《あお》いだ。

私用に協力してもらうのは気が引けるけれど、頼りになる秘書だ。

「どんな方ですか？　そのハンカチはメンズものですよね？」

「うん、若い男性だよ。二十代半ばくらいかな。見た目は今時の青年って感じの……なんだか、夜って感じの雰囲気だったな」

伊塚《いづか》と変わらないくらいの年だ。けれど、どんなに人懐っこく話しかけられても、陽気さとはかけ離れていた。

熱いほどの眩しさを感じない。美しくとも、ひやりと温度の低い輝きだ。

夜に会ったせいか、職業が夜勤の警備員と訊いたせいか。

太陽より、月を感じた。

「また会えるといいんだけど」


『玖月、ちょっと残ってくれ』

退室しようとした瞬間に課長に声をかけられ、玖月は一秒でも早くアクセスを解除しなかった自分を後悔した。

本部でのミーティングは、遠隔《リモート》の参加であっても苦痛しかない。延々と報告の続く、お決まりの発表会のような内容も楽しくはないが、グラスによる網膜《もうまく》投影は没入《ぼつにゅう》が深い者ほど反動も出やすい。

一種のアレルギーみたいなものか。人間は視覚だけで外界を感知しているわけではない。いくら網膜に本部の室内や人の顔が投射《とうしゃ》され、自分がその場に立っているような気分になれても、その他の感覚機能が否定する。

聴覚、触覚、嗅覚《きゅうかく》。視界が鮮明であればあるほど剥離《はくり》するグラスの違和感は、人によって表現が違った。

玖月は水の中にいるような感覚だ。

『チャンネル、三番で頼む』

指示どおりにほかの参加メンバーとチャンネルを違えれば、会議室内の映像は課長と自分の二人だけになる。

やや青みがかった視界の中で、人もデバイス類の姿も消えた会議テーブルを挟んで立っていた。

『十一月も一係はどうやらおまえのチームの証拠採用件数がトップだ。夜間が二人も抜けてどうなることかと思ったが、さすがだな』

三課課長の仲藤《しんどう》は、まだ三十代前半のキャリア組だ。いつも口元だけは微笑《ほほえ》んでいる男の讃《さん》嘆《たん》に、玖月もいつもの表情のない顔で返した。

「ありがとうございます」

『新人はどうだ？　役に立ってるか？』

「……そうですね。欠勤も退職予定もないようです」

『はっ、今は椅子を温めてくれるだけでもいいということか？』

「用件はなんでしょうか？」

労《ねぎら》いのために引き止めたとは思えない。

根強い縦《たて》社会の組織にいながら、上司に媚《こ》び諂《へつら》うことのない玖月の素気《すげ》ない態度に、仲藤の笑みも引きつる。

『三原《みはら》のチームにも退職者が出た。三原じゃ回しきれないと田仲《たなか》係長から相談されてな……俺の権限でおまえのところに送ろうと思う』

「三原さんは女性チームですが？　女性の被疑者を監視しろと言うんですか？」

『まさか。口を慎《つつし》め、被疑者の同棲相手の男にも嫌疑が出てきた。そっちで傍受《ぼうじゅ》令状を取りなおす』

同じことだ。

不慮《ふりょ》や不可避《ふかひ》の映り込みの振りをして、ついでに監視しろという命令にほかならない。

『おまえのチームの信頼は厚い。だから任されることだ』

「しかし……」

『言い方が悪かったか。新たな男性被疑者を監視対象に加えてくれ。以上だ』

玖月は沈黙した。言い方を変えたところで、同居の女性の監視も含まれていることに違いはない。相変わらず屁理屈《へりくつ》としか言いようのない法の拡大解釈ながら、三課の存在そのものがそれで成り立っているようなものだ。

『玖月？　やれるな？』

網膜に強制的に送り込まれてくる像。クリアであるほどに息苦しく感じられる歪《いびつ》な視界で、男は命じる。

本当に水中にでもいるようだ。

酸素は充分に肺に取り込めているはずが、今にも溺《おぼ》れそうな錯覚。肩で息をしそうになるのを堪え、玖月は応えた。

「了解しました」

通信を切った途端にグラスを外した。見た目は極薄いプラスチックゴーグルのようなアイウェアをテーブルに放り、やっとの思いで陸へ戻ったかのように、ハアハアと空気を荒く吸い込む。

いつものルームだ。

「玖月さんっ！」

呼吸を整える。防音ガラスで仕切ったフォンブースから出ると、モニターの島の満安が必死の形相《ぎょうそう》で手招いていた。延本《のぶもと》はトイレにでも行ったのか席にいない。

「玖月さんっ、ちょうどよかったっ！　大変ですっ、じいちゃん死にそうですっ！」

「え？」

「二十八番ですよっ、横領《おうりょう》の爺ちゃん！」

「ああ……」

目立った動きもないので大丈夫だろうと、本部にグラスで行っていいる間、満安に任せた巨額横領疑惑の老人だ。

「二分だ」

「えっ……」

満安の背後に立った玖月は、長身を屈《かが》ませモニターを指差した。画面の中で胸元を押さえた老人は、苦しげに身を丸めながらも、キッチンのカウンターに辿《たど》り着いたところだ。

「持病薬はこの引き出しに入ってる。動けるうちは大丈夫だ。飲めば二分以内に治まる」

「治まるって……」

どうにか薬を口に入れた老人は、ダイニングの椅子に腰を落とした。持病は狭心症《きょうしんしょう》だ。ニトログリセリンの錠剤を舌下《ぜっか》に含めば一、二分で効いてくる。

顔色一つ変えずに告げ、何事もなかったかのように自身の席に戻ってモニターを操作し始めた玖月に、満安は不服そうな声を発した。

「玖月さんって、ロボットみたいなところありますよね」

「なんだ、それは」

「冷静すぎて怖いくらいだなって。慌てることとか、ホントないですよね。いつも真っ平らで冷たくて、スケートリンクみたいっていうか……今まで被疑者に同情したこととか、一度もないんですか？」

「同情してたら仕事にならないだろう」

「そりゃあ、そうですけど……まぁ、みんな悪党だし。けど、爺ちゃん苦しんでるのに気にもとめないとか、『二分待て』って、カップフードじゃないんだからもうちょっとこう人間味があっても……」

子供の頃にもロボット呼ばわりされたのを、うっかり思い出した。

声音が平らだとも言われた。自分からすれば、みんなのほうがどうやってそんなに抑揚をつけているのかわからなかった。

いつも、休みを中心に子供たちのキャアキャアとした声が充満していた学校。でも、大人になったらみんなも自分と同じ。平らな人が増えたと思っていたら、家では笑いだけでなく怒声を人に浴びせたりと、変わらずキャアキャアしていた。

自分と違った。

玖月は、モニターに翳《かざ》した手を動かしながらやはり淡々と応える。

「気にするなら、もっとほかのことに頭を回せ。課長がおまえの働きを訊いてきた」

「えっ、なんて答えたんですかっ？」

焦《あせ》った声に、沈黙を返事に変える。特に悪く言ったつもりはないが、報告で嘘はつけず褒《ほ》め称《たた》えはしていない。

「ちょっとっ、俺だってちゃんといろいろ見てますし、考えてますよ。俺、こないだ弁護士先生が泣いてた理由だって、わかっちゃいましたからね」

「……は？」

思わず隣を見た。

偶然の遭遇に、直接探りを入れてもわからず、天真爛漫《らんまん》が仕事のゴールデンレトリバーにも阻《はば》まれて、うやむやになってしまった問いの答えだ。

「女ですよ」

フフンと得意げに応える男に、玖月は再び沈黙しそうになる。

「女に振られて泣いてたんですって」

「根拠は？　どうしてそんなことがわかる？」

「先生、ここんとこ急に帰りが遅くなったじゃないですか。もう五日連続ですよ」

「仕事が忙しいだけかもしれないだろう」

あれから帰りは確かに遅い。魚の餌《えさ》も、自動給餌《きゅうじ》に頼り続けており、これまでの十六番らしくない。

しかし、職場で残業しているのかもしれず、接待事などで遅くなっている可能性もある。

――もちろん、プライベートの付き合いでということも。

「袋ですよ。最近持ち歩いてる手提げ袋！　なんかサイズといい、女へのプレゼントっぽくないですか？　けど、毎日持って帰ってきてて、渡せた感じもないし」

十六番がビジネスバッグと一緒に持ち歩くようになった小さな袋は、玖月も注視していた。中身は一度も自宅で取り出されてはいない。

「おまえ、それだけで……」

「待ちぼうけ食らわされてるんですって！　振られて涙、粘《ねば》っても報《むく》われずにきっとまた涙」

「勝手なこと言うな。おまえは、妄想で被疑者に共感する気か。容疑と無関係の詮索だ」

正論の叱責《しっせき》に満安は大人しくなったが、十時を回って十六番が帰宅すると、わかりやすく前のめりになった。

今夜も帰りの遅かった十六番は、紺色の袋を提げている。

どことなく肩を落とした覇気《はき》のない姿で、リビングの壁のストリップ階段を上り、着替えに二階へ向かった。

手提げ袋とセットで疲れた表情を目にすると、満安に感化されてしまったか、つい『待ちぼうけ』が頭を過《よ》ぎる。

もしそうなら女は罪深い。振るならちゃんと、後腐《あとくさ》れなく振ってやるべきだろう。

「玖月さん、これ、中身どうにかして見られないですかね。カメラ飛ばせないですか、袋ん中」

「バカ言うな」

冗談か本気かわからない要望を撥《は》ね退《の》けつつ、十六番をカメラも玖月の目も追い続ける。

寝室の隣のウォークインクローゼットでコートとスーツの上着を脱いだ男は、ネクタイを緩め、ふと動きを止めた。

溜め息を零した。

スツールの上に置いた袋を手に取る。ついに中身を取り出す気配に、隣で満安が固唾《かたず》を飲む。

「あ……」

玖月はうっかり声を漏らした。

見覚えがあった。

「どうしました？　え、ハンカチ一枚でもうなんかわかったんですか⁉」

もはやちょっとした騒ぎだ。ポットでも見つかったかのような満安の反応に、話の見えない延本までもが、「星陽《せいよう》、なんの話だ？」とモニター越しに伸び上がって参加してくる。

『最近の若いもんは』とボヤいていたはずの延本は、早くも満安を名前で呼ぶほどの馴染みっぷりだ。

玖月は二人からの注目を浴び、いつになく狼狽えた。

「いや……ちょっと、俺も似たようなハンカチを持ってたなと思っただけで」

似ているのではない。

ネイビーにブルーのライン。クリーニングの袋に包まれた品は、自分のハンカチだ。

――バカも罪深いのも自分だ。


翌日の休みを、玖月は落ち着かない気分で過ごした。

ドッグカフェに行くつもりはなかった。そもそも声をかけてしまったのが間違いで、監視対象者にむやみに接触すべきではない。

そう思いつつも、表に出れば足が向いてしまうのもわかっていた。

待ちぼうけを食らわせているのは自分。ハンカチ一枚を返そうと頑張っているに違いない律《り》儀《ぎ》な男は、一週間どころか二週間経《た》っても諦めないかもしれない。

夜、自宅を出た玖月の足は、通い慣れたレストランではなく、真っすぐにあの店へと向いた。

――いなければいい。

なにかの勘違いで、自分を待っていたりしなければそれでいい。

いない姿を期待して訪ねたにもかかわらず、テラスに面した席に十六番を見つけた瞬間、困惑とは違う奇妙なざわつきを胸に覚えた。

夜の店は今日もゆったりとした空気だ。

スーツ姿の男はテーブルに書類を広げ、パソコン作業をしていた。左手に白いコーヒーカップ、足元には金色の毛並みのゴールデンレトリバー。

「あ……」

玖月が店に入ると、伏せていた犬が立ち上がり、十六番もこちらに気づいた。

「……どうも」

軽い会釈《えしゃく》をしながら近づく。

「奇遇だね」

さも偶然再会したかのような反応が返った。『いらっしゃい!』と熱烈歓迎で尻尾《しっぽ》を振るゴールデンレトリバーは、今夜も玖月ではなく、入口で受け取ったシルバートレイのおやつが目当てだ。

頭突きを食らわないよう、トレイを持つ手に力を籠《こ》めつつ、一本与える。

「おまえ、ジャーキー食べすぎじゃないか。こないだもいろんな人にもらってたけど」

「その子はチャイだよ。こないだのはミルク、並ぶと微妙に毛色が違っててね。ヘルシーフードだけど、食べすぎないように日替わり出勤なんだそうだよ」

「そうなんですか？　そっくりだな」

初対面とは思えない歓待ぶりの犬だ。屈んで顔を覗き込むまでもなく、玖月の腿《もも》に前足をかけてじゃれついてくる。

よく見ればゴールドのチェーンの首輪が毛並みに埋《う》もれており、同色のハートのネームプレートには『チャイ』と刻まれていた。こちらのほうが、以前の犬より色が濃い目なのか。

おやつがなくとも寄り添うほどに、十六番には懐《なつ》いている様子だ。

「ここにはあれから何度も？」

「あ……うん、仕事するにもよさそうだと思ってね。気分転換にもなるし、空《す》いてるときは好きにしていいって、お店の人も言ってくれたから」

はにかむ男は、例の小さな手提げ袋をさり気なく差し出してきた。

「これ、ありがとう。君も来るかもしれないと思って、一応持ってきてたんだ」

促されて玖月はテーブルの向かいに座った。

十六番の言葉にも声音にも、『待ちぼうけ』の匂いはない。返却はついでにすぎず、主目的は犬に癒《いや》されつつの作業のほうだったのかと思わされる。

よもやの自意識過剰。拍子《ひょうし》抜けしつつ受け取った袋を見る玖月は、ハンカチだけではないことに気がついた。

プレゼント包装の同ブランドのハンカチと、菓子らしき長方形の赤い箱。

「ああ、それはね、お礼って言うか……」

「クリーニングだけでも充分すぎるくらいなのに。捨ててくれてよかったんですよ」

「そういうわけにも。うちには贈答でもらったハンカチが、使いきれないほどあるから……君の好みかなって。そっちは、さっき通りすがりに店を見かけて。アーモンドのパレ。クッキーだよ。甘さが控えめで男性にも人気らしいんだ。僕も試食してみたけど、美味《おい》しくて」

いつも落ち着いた男の口調が、やや早口になる。眼鏡のレンズ越しの眸も、焦《あせ》りに揺れていて、意外にわかりやすい。

「今日、店閉まってましたよ」

「えっ……」

「すみません、嘘です」

「……人が悪いな」

焦り顔も困惑顔も、カメラ越しの印象よりもずっと表情の豊かな男だ。

玖月は目を細めた。だいぶ年上で被疑者であるはずの男が、不覚にも可愛らしい存在であるかのように映った。

「だってこれ、俺のためにわざわざ用意してくれたんですよね？　どっちもそうでしょう？本当は、ずっと待ってくれてたんじゃないですか？」

問い詰めたいわけじゃない。ただ気づかずにいたことを詫《わ》びたいだけにもかかわらず、男の眸の揺れが大きくなる。

明かりの加減の悪戯《いたずら》か、泣き出しそうに潤《うる》んでさえ見えた。

あの晩のように。

「まいったな。君、変に察しがよくて困るよ」

「あ……すみません」

「いや、べつに怒ったわけじゃないから。つまらない見栄は張るもんじゃないなって……それに、気づいてもらえるのも嬉しいよ」

贈り物は心遣いだ。相手の喜びを願って選んだ品なら、知られずいるよりもたぶん伝わったほうがいい。

どうにも不器用な男の気持ちを感じ、玖月も確かに喜びを覚えた。

「ありがとうございます。好きなカラーだし、デザインも……こういう色味が綺麗でシンプルなの俺、好きなんですよね。大事に使います。あ、こっちは夜食に」

「僕のセンスじゃないよ。実は、秘書に頼んでアドバイスをもらったんだ。気の利く女性でね、いつも助かってて……」

照れたように視線を外した男は、玖月の無遠慮なほどに真っすぐな眼差しに気がつくと、怪《け》訝《げん》な表情を浮かべた。

「なに？」

「いや、正直な人だなと思って。それこそ見栄を張ればいいのに」

「はは、君にはバレてしまいそうだし」

「バレるって……察しなんて、俺は大してよくありません」

本当は鈍《にぶ》いくらいだ。

ここへ来たのも、カメラで毎夜見ていたからにすぎない。それも、新入りの同僚の的外れな煽《あお》りのおかげで。

受け取るだけのつもりだった。

それで、十六番の気がすむならと。

「作業の邪魔になりそうだし、そろそろ俺は向こうに……」

「ここにいてくれていいよ」

「でも」

「君を待ってたんだ。夜勤の仕事だって言ってたから、いつもは来られないだろうけど、週に一度くらいは休みがあるのかなって」

通りのほうへと、男は顔を向ける。

テラス越しの夜の街。高層ビルの谷間のような裏通りに、見るものはほとんどない。人気は少なく、ぴくりとも動かない対面のビルの明かりと、僅《わず》かばかりの木々に灯った『営業中』を示すイルミネーション。

　お世辞にも魅力的とは言いがたい眺め。

　一週間、十六番の見続けた景色だ。

「もしまた君が一人で入るのに困ってても、ここなら気づけそうだろう？」

　はにかんだように笑う横顔に、玖月の視線は吸い寄せられた。

「あなたじゃなかったら、声はかけてません」

「え……」

　玖月は『あっ』となる。

　どうしてそんなことを言ったのか。

　真実には違いない。リンゴの皮だけを剝《む》いて、毒リンゴであるのは伏せたみたいな真実。

　ただ、人として好意を覚えたのは本当だった。真面目な人間がけして犯罪をおかさないわけではないけれど、目の前にいる男が本当に冤罪《えんざい》のゼロポイントであればいいと思った。

　——これは共感なのか、同情か。

「そ、そうなんだ……道とか訊かれやすいタイプだったりするのかな、僕は」

　男は眼鏡のレンズごと、視線をテーブルに向けた。心なしか顔に赤みが差した気がして、連日の『待ちぼうけ』で体調でも崩しているのかと、玖月は首を軽く捻《ひね》った。

　そのまま身を乗り出し、顔を覗き込もうとしたところ十六番が口を開いた。

「戸明」

「え……」

「僕は、戸明依史《よりふみ》だ。そういえばまだ名乗ってもなかったと思ってね……君は？」

「あ……」

目の前にいる男は『十六番』だ。

それ以上であってはならない。監視員でありながら、知るはずのない男の名前を知ってしまった。

「あっ、べつにどうしてもってわけじゃ……いいんだよ、言わなくても」

玖月の戸惑いに、男も気づいた。

拒否。偽名。はぐらかし。いくらか質問の答えを回避する方法はある。

もっとも穏便にすむのはどれかなんて、瞬時に巡らせた玖月の頭を、ふらっと現れた回遊魚みたいにその名前は過《よ》ぎった。

とあけよりふみ。反芻《はんすう》してみると、銀色に光を反射する魚のようにきらめく。

自然と口を突いて出た。

「玖月論《ろん》です」

「ろん？　漢字かな？」

互いに姓名の漢字を教え合い、名前は急にただの記号から意味を増した。

「論……漢字だと硬い印象もあるのに、響きが可愛いね。ちょっと犬っぽいっていうか……あっ、ごめん、ご両親がつけた大事な名前なのに」

玖月は苦笑する。

「構いません。俺も、変な名前だなって。どんなつもりで親がつけたのか知りませんけど」

「訊いたことないの？」

「いや……いないんです。二人とも」

滅多に人に話さない事実だ。必要もないのに自《みず》ら打ち明けたことはない。

こんな顔をさせるとわかっているからだ。

今まさに、テーブル越しの男が浮かべた表情。不意を突かれたのだからしょうがなく、それよりも問題なのはするっと話してしまった自分のほうだ。

「あ、最初からってわけじゃないですよ？　でも、似たようなものかな。五歳のときに他界して」

「二人ともって……それは事故かなにかで？」

「そんな感じです」

両親の記憶はほとんどない。比較対象する幸せの記憶が、玖月にはない。

だから他人が心配してくれるような寂しさを覚えることはなく、むしろ『寂しさ』というものを知らない大人に育ってしまった。

人は一人だ。

それ以外の当たり前を知らない。

「すみません、なんかしんみりさせてしまいました？」

「あ、いや……」

応える男は、微《かす》かに身をビクつかせた。スーツの袖を捲《まく》る。一見、落ち着いた黒い革ベルトのヴィンテージウォッチが、スマートバンドの機能を搭載しており、なにか連絡がきたようだ。

指先が軽く角形時計のベゼルに触れると、画面が投影で空間にポップアップされる。

「……しまった」

「どうしたんですか？」

「水槽《すいそう》からエラーがきて……」

「水槽のエラー？」

「魚の餌を補充し忘れてたんだ。夜は自動であげるようにしておいたんだけど」

あの巨大な水槽を思い出す。アクアリウムの魚たちを、戸明はいつも手厚く世話していて、餌の時間は僅かなズレもないほどだった。

「行ってください。心配でしょ？　ホロじゃない本物の魚だって言ってましたもんね」

促せば、迷いを見せつつも頷く。戸明は名残惜《なごりお》し気《げ》に立ち上がり、帰り支度を始めた。

「じゃあ……玖月くん、また」

「これ、ありがとうございます」

玖月は返事がわりに、テーブルの上の紙袋を軽く掲《かか》げ見せた。

慌ててコートの袖に腕を通す男は、返事の微妙なズレに気がつかなかったようだ。

急いでいても犬にも挨拶《あいさつ》をする。チャイはクウンと鳴いて返事をして、こんなところまで律《りち》儀《ぎ》だと玖月は少し笑いそうになった。

ひらと手を振り、店を出て行く男の後ろ姿を見送る。表の路地に出たところでこちらを振り返り見た男に、軽くもう一度。隣にやってきた犬の滑《なめ》らかな被毛《ひもう》の頭を左手で撫でながら、右手を振った。

——『また』はない。

あってはならない。


「あれ、玖月さん、今日休みじゃなかったですか?」

玖月はふらりとルームに顔を出し、満安を驚かせた。

結局、ドッグカフェは十六番——戸明が帰ってすぐに後にした。追いかけるような勢いで出て、真っすぐに向かったのは自宅ではなくビルの三十二階のルームだ。

窓にはまだ比較的早い時間の街の明かりが広がり、時計代わりの高層マンションにはびっしりと窓明かりが灯る。

ロッカーに寄って上着を脱いだ玖月は、席に着くと応えた。

「ちょっとな。家にいてもすることないし」

「それ、絶対ワーカホリックってやつですよ。二十代にして仕事が心の拠《よ》り所《どころ》。ヤバイですって〜」

「おまえにそんなこと言われなくたって、リーダーは仕事中毒だろ」

モニターの向こうから延本が突っ込む。

少しもフォローになっていないが、人数が増えれば仕事が楽になるので歓迎のようだ。なんとなくモニターの向こうでニヤつかれている気がして、玖月はイヤホンを耳にかけながら表情を引き締めた。

「二番、五番、六番、九番、十六から二十五番、三十一番、三十五、三十八から四十二番ください」

「はいよ」

磨《みが》き抜いた黒い石のようにブラックアウトしていたモニターに、求めたナンバーの画面がずらりと並んだ。

目を走らせながら、注視《ちゅうし》したのは十六番だ。

戸明は部屋に無事帰っていた。

水槽の前にいた。別れたときと同じベージュのコート姿のまま、銀色の筒《つつ》を振って魚たちに餌をやっている。どうやら間に合ったらしい。心なしか機械による自動給餌のときよりも、魚も生き生きと泳ぎ回っている気がした。

青に黄色、淡いシャーベットのような水色に、小さなオレンジの魚まで。鮮やかな色がちらちらと水面に姿を覗かせる。

水面のきらめきに、水槽を覗き込む男の表情が緩んでいた。

玖月の顔までホッと和《やわ》らぐ。

「あれ、今日は弁護士先生、帰りが早かったですね」

今頃、満安が気づいた。監視は基本、連動していなくとも見落としのないよう二人ずつが同じ映像を見ている。

「てか、袋ないじゃないですか！　え、受け取ってもらえたってこと？　いや、諦めついたってこと？」

満安の関心は、相変わらずあの手提げ袋だ。玖月は上着と一緒にロッカーにしまってきていた。

「いいかげん、女説は捨てたらどうだ。仕事しろ。おまえの仕事は弁護士の恋愛事情を探ることじゃないだろ」

「でも、気になるじゃないですか。あー、どっちだろ……玖月さんは、本当に気にならないんんですか？」

「全然」

一言でシャットアウトする。満安の無駄話は、切り上げさせるのに成功しても長続きはしない。「喋《しゃべ》っててもいないと寝てしまいそうなんですよ」なんて、深夜になるほど弱音まで交える。

被疑者も次々と眠りにつく真夜中は、ルームも束《つか》の間の休息時間だ。監視員は交代で休憩を取り、対象者の数が片手以下になれば単独で見ることもある。

深夜、延本が休憩に消えてすぐ、満安がまた声を上げた。

「やっぱり、彼女とよりを戻したか、付き合えることになったみたいっすね」

「は？」

十六番だ。延本からの対象者の引き継ぎで余裕のなかった玖月は、アイコンサイズにズームアウトしていた画面に目を向けぎょっとなった。

風呂上がりのガウン姿の戸明が、合わせ目を捲《めく》るように下腹部に手を差し入れていた。

リビングのソファだ。美しいアクアリウムを前にした広々としたグレーの張地のソファで、なにがそうさせたか知らないが、右手の不自然な動きは同性なら一目で理解する。

「アウトしろ。早く！」

鋭い声で命じた。

満安は、不意に後頭部でも叩かれたようなポカンとした表情だ。

「アウトだ、ほら早く！　面白がるようなもんじゃない。べつに普通だ。振られようが上手くいこうが、男ならやるときはやる」

「え、俺はやらないですけど」

意外な答えが返った。

「振られた日は大人しくメソメソしますよ。オナっても虚《むな》しいだけじゃないすか。男の繊細《せんさい》さがわからないって、玖月さんやっぱりワーカホリックのせいで……」

「俺は普通だ。いいかげん、女の妄想はやめろ。ポットじゃないならアウトだ」

繰り返さずとも、満安は十六番の画面をあっさり停止していた。好き好んで同性の自慰を見たがるような新入りではなく、玖月はどういうわけか心底安堵した。

戸明依史。名前なんて知ってしまったせいで、これまで誰の画面だろうと平然と見過ごしていた日常に動揺を覚えた。

──うっかり知人の行為を見てしまったような感じか。

「普通に、良かったじゃないすか」

「え？」

「先生、なんか良いことあったんですって。もし、女関係じゃなくても……仕事ばっかして、お疲れ顔の堅物《かたぶつ》先生がハッピーならいいでしょ」

監視員に感情は不要だ。

被疑者に共感も同情もいらない。

なのに、つい否定しそびれた。未だルームに馴染まない満安の明るい茶髪頭に、チラと視線を送る。人間味があるのか、調子がいいだけか、ある意味わかりづらい男だ。

「どうしたんですか、それ」

玖月がモニターの傍らに置いた赤い箱に手を伸ばすと、目ざとく声がかかった。

「俺の夜食だ」

「珍しいですね。お菓子なんて」

「通りすがりに店見かけて……アーモンドのパレだ、食べるか?」

箱にかかった透明な包装を解く。箱を開けて差し出すと、満安の目はわかりやすくパッと輝く。

「いただきます!」

玖月は、思わず微かに笑んだ。口に運んだ厚みのあるクッキーは、ほろりと口の中で崩れて、香ばしさと甘みが広がる。

機嫌をよくした男の弾《はず》む声が響いた。

「玖月さんって、甘いもの食べるんですね」

舞い上がる色とりどりの花びらが、空へと落ちていく。

伊塚《いづか》と小南《こなみ》の結婚式は、十二月の一週目の日曜日だった。披露宴《ひろうえん》会場のホテルの中庭にある小さなチャペルで行われ、十二月とは思えない花々が二人を祝福するように咲き乱れていた。屋外ながら、室内と変わらぬ気温調整が行われており、オフショルダーのドレスでも寒さを感じないですむ温度だ。

冬空だけが季節感を表していた。

澄み渡った空は、夏ほどに深い青ではない。スズメダイのように爽《さわ》やかなペールブルー。空の高みに向け、ゆったりと風に舞い続けているように見える花びらのほうがずっと色濃く映る。アフターセレモニーのフラワーシャワーは、結婚式の定番にもなっている投影の花びらだ。美しい花嫁を彩《いろど》るように舞う。

職場ではシンプルなパンツスーツの多い小南のドレス姿はピュアな眩《まぶ》しさで、モーニングコートで隣に並ぶ伊塚の笑顔もまたシャワーのように止《や》むことなく弾《はじ》けた。

社内恋愛の二人の参列者は知った顔も多い。式から披露宴まで終始アットホームな空気に包まれて進んだ。

晴れやかな二人を祝う戸明《とあけ》の披露宴でのスピーチは、すべて本心からだった。

涙ぐんで喜ぶ両親など目にしては、自分の形にさえしなかった思いなど投影の花びら一枚ほどの意味もなく、心を過《よ》ぎりさえしなかった。

スピーチで語ったこれまで呼んだこともない二人の名前は、正直少々しっくりこなかったけれど、普段どおりに心で置き換えてみれば、温かな気持ちがどんどん込み上げてきた。

おめでとう、伊塚くん。

おめでとう、小南さん。

「所長、二次会は参加してくれないんですか」

明日からは十日ほどのハネムーンだ。

宴《うたげ》の後に、揃って挨拶《あいさつ》してくれた。

中庭のエレベーター付近で声をかけられ、戸明はまさかの誘いに苦笑する。

「二次会は友人が中心で楽しむものだろう。僕が参加したら白《しら》けてしまうよ」

「そんな、彼女の友人も戸明先生と話したいって言ってるのに」

伊塚が目線を送ったのは白いバラのアーチの周囲だ。まだ帰らずに歓談している華やかな装《よそお》いの女性たちが気づいてこっちを見た。

微笑《ほほえ》んで何事か囁き合っている。

「いや、僕は……」

戸明は慌てて首を振り、こんなときまで小南が気を回してくれた。

「薫《かおる》くん、いいから……先生、困ってるじゃない」

「でも、本当に話したいって。独身だって言ったら、『嘘でしょ！』ってみんな目の色変わったくらいで」

「戸明先生には、どなたか素敵な方がいらっしゃるのよ」

「えっ、そうなんすか？　ボスはてっきりシングルかと……あ、彼女いないって意味で……」

恋愛事情については、どうやら伊塚のほうが鋭い。

独身生活であるのはもちろん、恋人もいない。年齢とイコールであるのを思うと、年を重ねた分だけ重たさも増してくる。

「僕にもプライベートくらいはあるよ」

誤魔化《ごまか》す戸明は、変な汗が出そうになり、無意味にストライプ地のシルバーグレーのネクタイの結び目に触れた。

彼女の友人を紹介してもらうわけにはいかないのは、同性愛者だからだ。

ずっと以前から自覚をしているだけで、なんの発展性もない。一人でいる重たさに耐えかねて、出会いを求めようと前向きになった時期もあったものの、タイミングも悪く父親がとんでもない不祥事を起こし、それどころではなくなった。

機を逃しただけではない。自身にとっての素敵な方が、今モーニングコートで目の前に立つ男だったのもある。

恋心というのはやっかいなもので、こちらの都合や条件に合わせてはくれない。

「気持ちだけもらっておくよ。二次会もハネムーンも楽しんできてくれ」

幸せいっぱいの二人を前に、自然と言葉も笑みも零《こぼ》れる。

少し前までは、他愛《たわい》もないことで胸苦しさを覚えていたのが嘘のようだ。『神様も誰も自分など見てやしない』なんて八つ当たりに等しい嘆《なげ》きを覚えたりしていたのに。

誰も見ていない、魚すらいない書斎で手放しで泣いたあの夜。

二人に見送られながら、戸明は一人エレベーターに乗り込んだ。チャペルの中庭は高層階にあり、フロントまでは外付けのシースルーエレベーターだ。

引き寄せられるようにガラス越しの眺望に目をやると、ふと思い出した。

『うっかり泣いてしまったり？』

初対面の玖月《くづき》に言い当てられた。

泣いたのは誰に知られるはずもなく、知られたくもなかった。翌朝には泣いてすっきりするどころか、軽く自己嫌悪。みっともないと恥じた。

――あの日、彼が慰《なぐさ》めてくれなければ。

見知らぬ他人だった男に慰めの気持ちなどなくとも、伊塚への思いを断ち切れたのは、玖月の言葉のおかげだ。

もしかすると、言葉だけではなく。

気づけば、二度しか会っていない男のことを考えている。

エレベーターのガラス壁の向こうには、街のすべてを飲み込むかのような眺めが広がっていた。

――この景色のどこかに、今もたぶん彼はいるだろう。

なのに、想像できない。青空の下で生活をする昼間の玖月の姿を、思い浮かべることができない。

『じゃあ、また』

そう声をかけたときの表情も、戸明はもう何度も脳裏《のうり》に蘇《よみがえ》らせていた。軽く笑んで、渡した袋を掲《かか》げ見せ、礼を言ってくれた。

けれど、それ以上はなかった。玖月は『また』とは返さなかった。そのことに後になって気づいた。

「……彼に会いたいのか？」

疑問形に変えて誤魔化すのが精いっぱいだ。

自分の気持ちくらいはわかる。

快適なホテルはエレベーターの中も暖かいけれど、ガラス一枚向こうは冬だ。

冷たい外気に晒《さら》されたいとでもいうように、戸明はブラックスーツの肩を押し当てた。

ルームにピークタイムがあるとするなら、やはり夜だ。

昼は仕事に拘束されて清廉《せいれん》な被疑者《ひぎしゃ》も、自宅ではうっかり開放的になって本性を曝《さら》す。普段から忙しい夜間のルームは、監視依頼が渋滞しようものならたちまち地獄の戦場と化した。

「なんで、四十八番いるんすか！　昨日証拠押さえて組対《そたい》五課に戻しましたよね⁉」

テンパった満安《みつやす》の声に、延本《のぶもと》が答える。

「薬物一係のやつか？」

「はい！」

「今のは違う、三係依頼のニューフェイスだ。今朝入った」

「入ったって……キリないじゃないですか！　一体何匹いるんすか？　一匹見かけたら五十匹っすか⁉　もう五十匹くらいとっくにヤってるんすけどっ⁉」

各ルーム内の監視対象者のナンバリングは、一巡すればまた空《あ》いた番号を割り当てる。空席待ちのように埋《う》まりっぱなしになることも少なくはない。

「師走《しわす》だしな。どっかでポット歳末セールでもやってるんだろうよ。振り返るな、目の前の現実《リアル》だけを見ろ」

どこかの映画ででも拾ってきたようなセリフを言う延本も、テンションがおかしい。

平常心を失えば、この仕事は終わりだ。心が折れようものなら、ドミノ倒しのようにバタバタと倒れかねない。

渋滞は、年末よりも反社会勢力の争いが関係していた。このところ目に見えて激化しており、ポットの密売も縄張りを巡って傷害や殺人などの事件まで起こっている。

玖月は溜め息をついた。

さすがに疲れ切っている。

コーヒーブレイクもままならない夜に、決まって目が行くのは十六番だ。今夜はまだ帰ってきておらず、思わず時刻を確認しては指折り数えるような気分になる。

青いベールをかけたような美しい邸宅に暮らす男は、相変わらずの淡々とした生活ぶりだ。一人でいるときは、にこりともくすりとも表情を変えないのが常ながら、見ると不思議と心が緩《ゆる》んだ。

書斎でパソコンに向かう男のハーフリムの眼鏡。明かりを反射してキラと輝く。上方からのカメラでは、その下の眸《ひとみ》は角度やら反射やらで見えないことが多いものの、たまに戸明が伸びに天井を仰《あお》いで覗けると、小さなラッキーを感じた。

戸明が欠伸《あくび》を嚙み殺して仕事を頑張っていれば、なんとなく玖月の欠伸も引っ込む。戸明がコーヒータイムに至福の時を過ごせば、休憩を逃していようと不思議と疲れが癒《い》える。

これは、なんだろうと思う。

今まで、被疑者に無関心でいた反動か。

この一週間のうちに、戸明は何度かリビングのソファで水槽《すいそう》を眺めてぼんやりしていた。

なにかに思いでも馳《は》せるように。

大抵は帰りの遅くなった夜で、ドッグカフェに寄ったのではないかと思わされた。作業をするにも気に入り、犬にも懐《なつ》かれていたから、行っているのは間違いないだろう。

――自分を探しただろうか。

『じゃあ、また』

言われて三度目はないと内心突っぱねたくせして、戸明のほうはその気でいてくれることを期待している。

深夜は、画面をアウトする日が増えた。

男の自慰なんて珍しくもない。監視員歴の長い玖月にとっては、歯磨《はみが》き姿を眺めるのと変わらないにもかかわらず、戸明のそれは見かける度《たび》に血流が逆巻《さかま》くような動揺を覚える。

ここへ送られてからの最初のひと月は、記憶に残らないほど少なかった。

――急に増えて引っかかっているだけだ。

十六番をアウトした後は、自分に言い訳をしつつ、画面の跡地のようにモニターにぽっかりと空いた場所を見つめるところまでが、最近は習慣になろうとしている。

「玖月さんって、ゲイなんすか？」

唐突に隣から上がった声に、ビクリとなった。

実際は普段と変わらず、顔の筋肉をぴくりとも動かさない無表情でモニターを見ていた玖月は、低い声を返した。

「……なんで？」

「だってこんな環境、普通七年も耐えられませんって。女っ気ゼロだし、女嫌いになりそうだし、なに目的っすか？　男の裸っすか？」

目的は犯罪の撲滅《ぼくめつ》だろうと正論を振りかざす気にもなれない。

「べつに、女は仕事で出会わなくてもいいだろ」

「えっ、じゃあやっぱり彼女いるんすか？」

「いないけど。付き合うとか面倒だし」

実際、学生時代含め、長続きしたことがない。いつの間にか振られていて、彼女や彼女の周りでは自分のほうが振ったことになっていた。

積極的に連絡を取るマメさが足りなかったのは事実だ。

そういえば、捜査の真似事とはいえ、自《みずか》ら声をかけたのも戸明だけだ。

「余裕が過ぎるでしょ。『俺がその気になればいくらでも女は寄ってくる』ってやつですか。そうですよね……ああ、そうですよね、その顔に訊いた俺が愚《おろ》かでした」

思わずぎょっとなって、隣を見た。

いつもにも増して満安の言葉が過ぎる。

旧時代に比べれば警察もだいぶ体質が変わり、成果主義で実力さえあれば個性や自由も容認されるが、それにしても軽口といい上下関係を気にしない奔放《ほんぽう》な男だ。

いや、今は『奔放』に偽装した『疲弊《ひへい》』か。

誰も彼もが疲れている。

「満安、おまえ少し……」

休憩を取れと言いかけて、玖月はモニターを凝視《ぎょうし》した。ずらりと並んだアイコンサイズの画面の一つを過ぎった違和感。

「おい、九番を見ろ」

主《あるじ》不在のはずの部屋の中を、男がうろついている。室内にもかかわらず被った黒いロングコートのフードから、金髪頭が覗いていた。若そうな男だ。

「泥棒さんですかね」

満安も気がついていた。

合鍵でも持っているかのようにすんなりと入ってきた男だが、明らかに不審な動きで物色《ぶっしょく》を始め、ついにはクローゼットや収納家具を荒っぽくひっくり返し始めた。

「あーあ、現逮《げんたい》もいいとこっすね」

現行犯逮捕だ。たとえ傍受《ぼうじゅ》令状の出ていない犯行であっても、ルームで押さえた証拠は効力を発揮する。

「延本さん、九番通報お願いします」

急を要する動きに、延本にも声をかけた。

三人がかりだ。

「なんかあったか、九番……なんだ、こりゃ！　家ん中、グチャグチャじゃねぇか」

「間に合わないな……現着《げんちゃく》前に逃げる。満安、顔押さえろ。すぐ照会できるように四方からだ。俺がエントランスのカメラを飛ばす。おまえはリビングを下ろせ」

「えっ、あっ、はい！　今、すぐ……ちょっと、こいつなにやって…っ……」

緊急の手段だ。カメラの移動を任されたことのない満安は狼狽《うろた》え、さらには正気まで失ったかのような声を上げ始めた。

「ひっ、ひっ、ひぃぃっっ‼」

「なんだっ、どうした星陽《せいよう》っ⁉」

通報作業をしていた延本まで狼狽える。「ひっ、ひっ」とモニターを指差し繰り返すばかりの満安に代わり、玖月が答えた。

「侵入犯が九番の部屋に火を点《つ》けました」

「はぁっ⁉　放火じゃねぇかっ、消防っ！　いや、できねぇかっ！　くそっ、まどろっこしい……」

ルームから消防への連絡は不可能だ。知らせたところで、監視中の部屋の所在地がわからない。

「ひっ、ひっ！」

「星陽、もうわかったから黙れっ、今依頼部署に連絡して……」

「かっ、かっ、カメラっ、カメラも燃えてますってっ！」

炎に包まれた画面は、ふつりと電源でも落としたかのようにブラックアウトした。ズームアップしたところで、カメラが死んでは意味がない。

「切り替える」

玖月は忙《せわ》しなく画面に手を翳《かざ》した。

触れずとも操作できるが、気が急《せ》いてモニターを指でタップした。

九番の部屋には複数のカメラが仕込まれている。炎に包まれたリビングからキッチンへ。キッチンから寝室へ。洗面室、バスルーム、廊下。切り替えた傍《そば》からブラックアウトする。

舐《な》めるように部屋の隅々まで広がる炎に、カメラは次々と飲まれた。

男の姿はとうになかった。


事態の収拾に一時間ほどかかった。

九番の監視対象者は、紅茶缶で栽培したポットの使用が認められ、肥料密売の証拠を押さえるべく泳がせていた中年男だ。

不在で命こそ無事ながら、麻薬組織の縄張り争いに巻き込まれた可能性が高い。

部屋は全焼、放火犯は俯瞰《ふかん》の断片的な映像しか押さえきれなかった。直径二ミリの羽虫《はむし》サイズのドローン型カメラなど、炎の中では一溜まりもない。思わぬ脆弱性《ぜいじゃく》まで炙《あぶ》り出され、玖月は状況説明のために本部へ呼び出された。

――グラスだ。

「酸素ボンベ、背負うってのはどうだ?」

延本がお悔やみのような言葉をかけてくる。

「結構です」

「なんの話っすか?」

すでに通常業務に戻った満安が首を突っ込んできた。

「リーダーはグラスが合わないんだよ」

「あー……たまにいるらしいですね。へぇ、玖月さんにもそんな意外な弱点が」

憐れむような視線を満安に向けられた。どことなくそわついた声が、『満更でもない』感じがしてイラつく。

「まぁ、何事も気からだからな……水中の猿《さる》にグラスをかけてアクセス先の森の中を歩かせたら、長く息ができたなんて実験結果もある」

「どこの実験すか。今時そんなえげつない」

「軍事利用でもできると思ったんだろ。某国だ」

「……某国すか」

立ち上がる玖月の隣で、満安が猿よりえげつない思いつきを口にした。

「あれ、でもそれって、逆を言えば水中にいると思い込んだら、乾いたところにいても死ねるってことですよね」

「縁起《えんぎ》でもないこと言うな」

止める延本の声を背中で聞く。フロアの隅のフォンブースはすぐそこで、ガラスの小部屋は中に入るだけでもすでにちょっとした閉塞感だ。

溜め息をつくのも忘れ、一つきりの椅子に腰を下ろした玖月は、アイウェアのグラスを顔にかけた。本部である警視庁内へのアクセスは多要素認証システムで制限され、使用中も瞬《まばた》きのパターンを照合され続ける。

『確認コード、クリア。生体認証に移ります』

いつも無駄に柔らかで優しいシステムの音声が応える。

「警視庁刑事部、捜査支援分析センター第三捜査支援課一係、玖月論《ろん》巡査部長です」

投影は全身麻酔と同じだ。こんなもので自分の意識がどうにかなるはずがないと思っても、カウントダウンもしないうちに落ちている。

『ボイス、クリア。虹彩《アイリス》、クリア。ようこそ、ディスプレイグラスへ。ご案内を開始します』

視界には歪《ゆが》みも欠落《けつらく》もない。

ただ、気づけばそこにいる。

――ここはもう、水の中だ。


幼い頃、月のない夜が怖かった。

誰かが、父と母は『星になって見守ってくれている』と言ったからだ。

たぶん、育った施設の誰かだろう。残されても、身寄りなく一人ぼっちの子供を励《はげ》ますつもりで言ったに違いない。

『どの星？』と訊ねたら、『一番大きな星だよ』とその誰かは夜空の月を指した。

それから、月はいつも幼い論の後を追いかけてきた。

どこにいてもいる。遠くへ行っても離れることなくついてきて、だから本当に両親が夜空にぽっかり浮かんで自分を見てくれているような気持ちになれた。

代わりに、欠けていく月が怖くなった。

新月の心許《こころもと》なさは、夜の闇が深いことで一層《いっそう》増した。

街の夜は、いつも明るい。新月であることにさえ気づかないほどの明るさで闇を晴らし、いつからか幼い頃に恐れていたことさえ忘れ、思い出さなくなった。

――久しぶりに思い出した。

ルームのビルを出る際に、玖月は新月に気がついた。こんな半端《はんぱ》な時刻に帰宅するのは珍しいからかもしれない。

グラスで本部へ行き、溺《おぼ》れた。

放火についての報告はどうにか果たしたものの、アクセスを解除した途端に気の緩みからかどっと気分が悪くなった。最悪なことに、呼吸困難で蹲《うずくま》っていたところを満安に発見され、延本に帰るよう強く促《うなが》された。

街の人工的な光はゆらゆらしている。いつもより互いが反射し合うように感じられ、あの時計塔扱いの高層マンションは、ピサの斜塔《しゃとう》みたいに傾《かし》いで見えた。凸凹と重なり合い、夜空へ伸びたガラスのキューブ。

頭はクリアなのに、酔っぱらってでもいるかのようだ。

疲れと、悪い酔いと。

なんでもよかった。そこへ向かう理由を、ずっと探していたのかもしれない。

気づけば、自宅には遠回りのその裏路地に玖月はいた。

十時を過ぎている。店はもう閉店していたけれど、ドッグカフェの手前の街路樹はまだイルミネーションが灯《とも》っていた。

ウッドデッキの端には、コート姿で腰をかけた男の姿もあった。

「もう閉まってるじゃないですか」

玖月は言った。

まるでそうするのが当然であったかのように声をかけ、戸明も答えた。

「ここの街明かりを見るのが好きなんだ」

対面のビルの明かりさえほぼ失せ、街路樹の僅《わず》かなイルミネーションと街灯の明かりしか残っていない。

「嘘ですね」

「……うん」

やけに素直に頷きながらも、その先の言葉が見つからないとでもいうように、戸明は革靴の足先に視線を移した。それから、意を決したように顔を起こす。

「あの、お腹とか空《す》いて……」

「飯でも食いに行きますか？　俺、腹が減りました」

玖月は言葉を待たずに誘った。

水の中の続きは、夢の中にでもいるかのようだ。自分は溺れた後遺症で、どうかしてしまったとしか思えない。

少し前まで十六番でしかなかった男と、人気《ひとけ》もない路地を歩き始める。

「玖月くん」

「はい」

「どこに向かってるの？」

「え？　あ……」

問われて、店も決まっていないことに思い当たった。

戸明が笑う。

「そういえばさ、僕も一人じゃ入りづらくて困ってた店があったんだった。付き合ってくれるかな？」

「あ、もちろん。そこでいいです」

店選びに悩む必要もなく、ちょうどいい。

戸明が人を誘ってでも入りたがるほどの店に、興味も芽生《めば》えた。歩きながらの会話に、『寿司』のワードが出てきて、にわかな緊張も。

あの部屋に暮らす男が敷居が高いと感じる店だ。

「……普通、逆じゃないですか」

着いてびっくり、回転寿司だった。深夜も近づいた時刻で、客の少ない店内では二つのレーンが健気《けなげ》にクルクルと回り続けている。『いらっしゃいませ』の声は、するする寄ってきた人型ですらない箱型接客ロボットだ。

どこからどうみても、親しみやすくもリーズナブルな回る寿司だ。

「戸明さん……寿司で入りづらいって言ったら、普通はカウンターで時価とか書いてあるとこでしょ」

「いや、それが……前に同僚に誘われてきたんだけど、システムが覚えきれなくて。後で一人で入ろうと思っても、なかなか」

前にきたのもこの店らしい。

どこか懐《なつ》かしそうに店内を見回す男と、丸い作りつけの椅子に並んで座った。

なにも、難しくはない。皿に乗って流れる寿司を、胃袋に命じられるままに選び取るだけのシステムだ。高齢の利用客も多く、スタイルは長く変わりがない。

「同僚の人とは、もう来ないんですか?」

サーモンの皿に手を伸ばしつつ、何気なく問う。深い意味はなかった。

「彼は一昨日《おととい》結婚したよ」

意味がないとは思えない言葉が返った。

戸明はまだ懐かしむように、流れる皿を見ている。

「それって……」

「こないだ……最初に会ったとき、君、訊いただろう? なんで泣いたかって」

「ああ……はい」

「部下なんだ。結構、長いこと彼には片想いしててね。彼女のほうはまだ入社して一年にもならないんだけど、僕が面接で選んだ秘書で……一応二人の上司だったりするから、披露宴のスピーチも頼まれたりなんかして」

あの晩、モニターで見たのと同じ右側からの眺め。すぐそこにある眼鏡の横顔は、今は表情も声音も穏やかだ。

認めたくなくとも、満安の予想がだいぶ当たっていた。

ただ、その相手は『彼女』ではないというだけで。

驚きはなかった。あるとすれば、戸明が躊躇《ためら》いもなくするりと自分にセクシャリティを明かしたことだけだ。

「なかなかヘビーですね。それは泣きたくもなります」

玖月の反応に、男は笑った。

くすりと零《こぼ》れた笑み。ただの強がりには見えない。哀しみはもう戸明の元を離れ、懐かしい回転レーンに載せたみたいに流れて行ったのだとわかる。

「いい年して、みっともないだろう?」

「失恋なんて、いくつになっても哀しいものじゃないですか」

「君もそうなのか?」

「……いえ、一般論ですけど」

「はは、振られた経験なんてなさそうだしね」

「ありますよ、振られたことくらい。ただ……向こうは俺に振られたって言ってました」

気づけば学生時代は遠い昔、玖月にとっても懐かしい思い出に変わっていた。

今は、なんとなく理由がわかる気がする。

自分が誰のことも、本心から好きではなかったからだ。好意は持っていたけれど、それ以上の想いは抱けないままだった。

恋ではないとさえ、気づかずにいた。

「戸明さん、食べてください。念願の寿司です」

玖月は眺めるばかりの男に勧める。

「ああ、うん。僕もサーモンにしようかな」

「オニオンマヨネーズとか、いろいろ種類ありますよ。流れてないのは、注文すれば来ますから」

「マヨネーズ！　それ、その創作寿司が美味《おい》しくて、また食べたいと思ってたんだ」

百年くらい歴史があっても驚かない定番メニューだ。

「創作って……」

――これだからお金持ちは。

そんな呆れも、レーンを見つめる横顔に吹き飛ぶ。涼やかな目鼻立ちでクールそうな男ながら、今は眸《ひとみ》が輝いて映った。

真横からで、眼鏡のレンズの干渉《かんしょう》もない。

視力が悪いにしても、なにか拘《こだわ》りでもあるのか、戸明は家ですらほとんど眼鏡をかけている。

正面から、見てみたいと思った。裸のその眸を。

簡単には許しそうにない。惚れた男に一言言われれば、外して見せたんだろうかと思うと、もったいないことをする奴もいたものだと感じた。

恋愛は相性、ましてセクシャリティはそう易々《やすやす》と変えられないものとはいえ、気づかずにいたその男はバカだ。

同時に考えてみる。自分のセクシャリティはそんなに簡単に変わるものなのか。

本気の恋をしたことがないとはいえ、異性にしか性衝動を抱いた経験はない。

戸明のやや茶色みがかった眸から、すっと真っすぐに通った鼻筋へ。尖《とが》った鼻先から唇へは、小さくダイブするように視線を移した。

肌が白いせいかと思っていたけれど、薄めの唇は色づきがやや強い。

食事中は、余計に赤みがさす。

いつしか玖月は、頬杖《ほおづえ》をついてまで男が唇を大きく開くのを見ていた。綺麗な箸《はし》使いで運んだ寿司を、どこか艶《なま》めかしいような仕草で口に頬張っていくのを。

「……玖月くん、食べないの?」

急にお茶の湯のみを手にした男が、居心地悪そうに訴えてくる。

露骨《ろこつ》すぎる眼差しは、さすがに気づかれていた。

「あ……はい」

不満そうな声になる。気に入りのものを奪い取られたみたいな気分で、子供の頃から物にも執着のなかった玖月には珍しかった。

仕方なく、適当に寿司の皿を取った。

「そういえば……あのとき、たしか君も泣いたようなこと、言ってなかった？」

話を引き戻される。

「あれも一般論です」

「え……」

「俺は滅多《めった》に泣かないほうで……まったく泣かないわけじゃないけど。シャンプーが目に染みたときとか、欠伸《あくび》が止まらないときとか涙が出ます。だから、機能が壊れてるわけじゃないんだなって」

「そんな……試薬じゃないんだから」

戸惑いの声に、隣を見る気になれなかった。

玖月は、立て続けに二貫《かん》寿司を食べた。

適当に合わせていればいい。これまでそうやって多くのことをやり過ごしてきたのに、戸明にはつい本当の自分を曝け出しそうになる。

「……軽蔑しました？　俺のこと」

「そんなことはないよ」

「ロボットみたいだって、言われたりもするんです。つい最近も、職場の同僚に」

思い出して、苦笑いを零した。

「けど、泣かないからって、いつも笑ってるわけでもなくて。誰かといても、一人のときも……なんか、ペタンとしてるんですよね、俺」

「……ぺたん?」

「フラットなんです。喋《しゃべ》り方も平らだって。同僚はスケートリンクだとも言ってましたっけ……時々思います。なんてみんな、笑ったり泣いたり、感情の振り幅《はば》が大きいんだろうって」

毎夜、モニターを無表情に見つめ、感じていた。

眉を顰《ひそ》めることも、噴き出すようなこともなく。カメラの向こうの人々の時折暑苦しいまでの日常を網膜《もうまく》に映しながら、ロボットのように情報を脳で処理し続け、望まないエラーを起こすようになった。

「俺は本当は羨《うらや》ましいのかもしれません」

玖月は、本音を吐露《とろ》した。

左から右へとただ流れていく。だれも手を伸ばさずとも回り続けるレーンの、黄色や臙脂《えんじ》や、金銀の模様の描かれた皿を見つめて言った。

「……君は平らなんかじゃないと思うよ。ペタンとなんてしてない」

いくらも皿が流れないうちに、戸明は否定した。

「俺のこと、そんなに知らないでしょう?」

「知らないのに思うって、逆にすごくないかな。きっと、伝わってくるものがあるんだよ」

隣を見ると、真剣な眼差しに射抜かれる。

——これも、共感なのか同情か。

急にバツの悪さを覚えて、玖月は言葉を濁《にご》した。

「そうだといいんですけど」

気まずさも、感情の一つには違いない。

戸明を前にすると、ペタンと凪《な》いでいた心が波立つ。荒波なんてものまで求めてはいなかったはずが、曝されてみたいような気分になる。

酸素ボンベもなしに放り出されれば、また溺れるかもしれなくとも。

抗《あらが》う気力も失われ、浮力もなくし海へと沈んでいくそのときは、一目くらい魚影《ぎょえい》を見るのだろうか。

銀色に光る魚の群れを。陸から海へと戻った水生動物の大きな影を。自分も。

「あ……そうだ、汁物も頼んでませんでしたね。サイドメニューなんかも、結構ありますよ」

玖月は思い当たり、頭上にある小さなモニターのようなパネルを操作した。

傍《かたわ》らから覗き込んでくる戸明の目にも、また輝きが戻ってくる。

混雑もないので、食事はのんびりと楽しんだ。誰かとゆっくりと食事をする時間も久しぶりだったと感じつつ、店を後にした。

もう完全に深夜だ。人気どころか、車も少ない。歩いて辿り着いた寿司屋ながら、少し遠くなったので、帰りはタクシーを利用することにした。

「……玖月くん、連絡先を教えてもらえるかな」

大きな通りへと歩き出る間際、戸明が求めてきた。口調は重たくはなくとも、軽い気持ちで尋ねたわけではないのが伝わってくる。

まだ三度しか会っていない。

黙って別れれば、いつでも終わる関係だ。

――今はまだ。

空に月はない。

街の明かりが更《ふ》けゆく夜に落とされようと、光は完全に失せるわけではない。暗く聳《そび》え立つ商業ビルの谷間にも、小さな星明かりは覗いた。

月には敵《かな》わずとも、懸命に瞬《またた》いている。

どこまでも、玖月の後を追いかけてくる。

「いいですよ」

歩みに揺れる夜空の元で、答えた。

通りですぐに見つかったタクシーの後部シートに乗り込み、互いの連絡先を交換した。

玖月は先に車を降りた。

「玖月くん、おやすみ」

車の中で戸明は小さく片手を上げ、玖月は長身を軽く屈《かが》ませて返した。

「おやすみなさい、戸明さん」

車が走り去っていき、軽く一呼吸して歩き出す。背後のビルは自宅マンションではない。その先のビルも、その先のブロックも。

角を曲がった先にあるのは、ルームの入ったビルだ。


「いや、だからなんで戻ってきちゃうんですか」

ルームに帰ると、呆れを通り越した満安が怯《おび》えたような目を向けてきた。「だいぶヤバイな」と延本までもが加勢に回る。

『今日はゆっくり休め』と帰してくれたのだから、無理もない。

「もうすっきり治りましたから。ついでに気分よく飯食ってきました」

着席しながらモニターに手を翳す玖月は、慣れた手つきで左耳にはイヤホンをかける。

「玖月さん、マジ病気ですって。仕事依存もポット依存も大して変わりませんよ？　合法か違法かくらいしか」

「家より、ここのほうが落ち着く」

「だから、それが病気だって……」

「ここには、おまえも延本さんもいるからな」

さらっと適当な言葉を放つと、息つく間もないほどよく喋る男も、一瞬黙り込んだ。

「えっ、なんすかその突然のデレ……えっ、なに目的っすか？　俺はムリっすよ、いくら玖月さんがイケメンでも」

玖月は薄く笑んだ。

「冗談だ。俺だって無理だ」

冗談も言うような人間でないのは、付き合いの長い延本は知っている。「本気のほうがまだ救いがありそうだな」と、ぼそりと零すのがモニター越しに聞こえた。

「一番から五番、十二番、十六から二十一番、二十七番、三十一番、三十五、三十八、四十四から四十七番ください」

「いや……」

「ください」

躊躇《ためら》う二人に繰り返し、奪い取るようにモニターに画面を並べる。

仕事をするつもりは本当にある。今夜は放火騒ぎで混迷を極めた業務で、二人にどれほど負担をかけたかもわかっている。

「俺が見ますから、交代で休みとってください」

「玖月さん……天使すか。足、ちゃんとついてんでしょうね？」

「いいから、黙って寝ろ」

深夜は被疑者も次々と眠りについてくれるが、一人増えればより楽になる。満安を先に休ませ、玖月はモニターに向かった。

十六番の帰宅を、視界の端で確かめた。

玖月より少し遅れて帰った戸明は、水槽の魚を確認し、着替えをすませた。キッチンでコーヒーを淹《い》れ始め、どうやらまだ眠る気はないようだ。

カップに鼻先を近づけた男の唇が、微《かす》かに笑む。俯瞰《ふかん》でもカメラが捉《とら》えて、玖月の表情も微かに緩んだ。

穏やかに変わった夜。平日なこともあり、みな大人しく就寝《しゅうしん》し、深夜二時も過ぎると久しぶりに監視数が片手以下になった。

単独でも画面を見ていられる。満安の心地よさげな高いびきはフロアの端から響いており、玖月は起こさなくていいと告げて、延本も揃って仮眠に入った。

いつの間にか満安も寝息が落ち着き、二人とも静かになった。

画面では、風呂に入って濡れ髪だった戸明が、髪を乾かし終えたところだ。リビングからストリップ階段を上がって寝室へ。メイキングまでホテルのような、クイーンサイズのベッドに収まり、眠りにつく姿を見守る。

寝つけないのか、何度も寝返りを打っていた。

カメラの暗視《あんし》は明度が下がるが、色彩補正機能で、常時と色相《しきそう》や彩度《さいど》は変わらない。アウトすべきだとわかった。

具合が悪いのでも、眠れないのでもない。ベッドで始まった戸明の密《ひそ》やかな行為を、目にするわけにはいかない。

玖月はいつもどおりモニターに手を翳し、十六番を消した。

残り三つにまで減っていた画面は、ほかの二つの監視対象者も眠ったところだった。

ブラックアウトしたに等しい巨大なモニターに、背後の明かりが映り込む。窓越しの夜景を、玖月はデスクチェアを揺らして振り返り見た。

『時計塔』がもっとも明かりを落とす時刻。

高層マンションに残った、極僅《ごく》かな窓明かりを数えるように玖月は目を凝《こ》らし、ふっと微かな息をついた。小さくとも苦しげに響いて、自身の鼓膜《こまく》までもを揺さぶる。

夜の気配は、そこら中に浴びるほど広がっていた。

窓の外にも、内にも。

静けさの中では、自分を支配する葛藤《かっとう》から逃れられない。愚《おろ》かさから、禁忌《きんき》から。

玖月はモニターへ向き直り、夜景を映し込んだ盤上へ右手を掲げた。
十六番を再び灯《とも》した。

左耳にかけたイヤホンを玖月《くづき》が意識することは、これまでほとんどなかった。

自分の耳にフィットした形状のイヤホンは、体の一部のように馴染みきっているのもあるけれど、誰に聞かれても構わない『音』しか耳にしてこなかったからだ。そもそも監視は複数体制で、映像も音声も同時に誰かがアクセスしていた。

監視員と被疑者《ひぎしゃ》。

監視する者と、される者。

疚《やま》しい思いなど、頭の隅にもないと断言できた。

——これまでは。

今、監視室《ルーム》のモニターの前にいるのは自分だけだ。壁際の長椅子で、それぞれ仮眠中の満安《みつやす》と延本《のぶもと》の寝息は耳を澄まさなければ聞こえない。フロアの隅は明かりも落ちており、二人の姿は確認すらしづらいくらいだ。

玖月の翳《かざ》した手に反応したモニターは、音もなく、けれどポンと呼応《こおう》するように映像を再び映した。十六番こと、戸明《とあけ》の寝室。それだけで息を飲みそうになるも、室内は先程と変わらず拍子抜《ひょうしぬ》けするほど静かだった。

布団の膨《ふく》らみも変わらぬまま。クイーンサイズのベッドは乱れもなく、あられもない姿を戸明は披露《ひろう》している訳でもない。天井から羽虫《はむし》サイズのカメラに監視されていると知らない男は、大胆に振舞うどころか、頭のてっぺんまでとっぷりと沈んだみたいに布団の中だ。

一人きりの部屋でも体裁《ていさい》を気にするのか。

真面目な戸明らしい。

始まった自慰が勘違いではないのは、布団の微《かす》かなもぞつきでわかった。集音力を上げれば、イヤホンから微かに響く衣擦《きぬず》れの音。くぐもる呼吸音も、リズムを合わせたように聞き取れる。

身を丸めて黒髪だけを布団の端から覗かせた男は、ハッハッと短く荒い息をついていた。

もう直《じか》に触れているのだろう。パジャマのズボンは穿《は》いたままか、我慢できずに下ろしてしまっているのか。同性愛者も異性愛者もマスかきに大した違いなどなく、至ってありふれた行為に感じられた。

そういえば、ゲイだと知っただけで戸明がどちら側かまでは知らない。

男を抱きたいのか。

それとも、抱かれたいのか――

『……っ、ぁ……は…ぁ……』

息苦しさも限界に達したらしく、水面へ飛び出すみたいに顔が覗く。

『……ぁ……あっ……』

鼓動が跳ねた。同じ男とは思えない艶《つや》を帯びた声音。甘えねだるような響きに、ぞくりとした感覚が玖月の身まで駆け抜ける。

『んっ、ん……や……』

緩《ゆる》くシーツへ横顔を擦《こす》りつけるように、戸明は頭を揺すった。閉じた目元に眼鏡はない。外ではきっちりと整えられた前髪が、薄く震える目蓋《まぶた》に乱れ落ちている。

『……ふ……ぁ、ふっ……ぁっ……あっ、あ……ん……くっ……ん……き、くん…っ……ぁ……玖月く……』

息をするのも忘れそうになった。

聞き間違いなどではない。合間に漏らされた自分の名に意識を支配され、玖月の目は釘付《くぎづ》けになった。

モニターの画面越しの世界だけが、すべてに変わる。ルームにいることも、監視員であることも、その瞬間頭からすっぽりと抜け落ち引きずり込まれた。

『ん……ぁっ……玖月…くん……』

外からただ眺めているにすぎないはずが、いつの間にか生々しい行為の中心に自《みずか》らも存在していた。

今、戸明の頭の中で愛撫を施《ほどこ》しているのは自分だ。

戸明からの好意なら感じていた。けれど、セックスしたいほどの関心とは思わなかった。

——いや、単にオカズとして都合のいい男なのかもしれない。まだ出会ったばかりでろくに知らない自分ならば、きっと変幻自在で好みのタイプに変わる。

少なくとも、惚れていたという会社の男よりはずっと。

冷水でも頭にぶっかけるように玖月は考えた。

『は…っ……は…ぁっ……』

冷静さを保とうと分析するほどに、目を逸《そ》らせなくなる。見られていると露ほども疑わない男は、布団の中で身を捩《よじ》り、両肘《りょうひじ》をベッドへつこうとして崩れるように突っ伏す。

起き上がるのに失敗したのかと思えば、そうではなかった。

『……ん…っ……』

布団がずれ、肩甲骨《けんこうこつ》の辺りまで紺色のパジャマの背中が覗いた。

腰の付近だけが高く膨らみ、うつ伏せで自身を慰め始めたのだとわかる。

前だけでなく、後ろも。

ぐずついた声と、背後へ回った左手の動き。どこへ触れているのか否応《いやおう》なしに察した。前だけでは足りないのか、いつもそうしているにしてはぎこちない。

自慰はともかく、セックスの経験は多くないのだろう。

集音力を下げれば捉えきれないような嬌声《きょうせい》は、控えめで躊躇《ためら》いが滲《にじ》む。

『……ぁ……ぁっ……づき……くん……』

玖月はゴクリと喉《のど》を鳴らした。

妄想の自分は、一体どんな風に彼を扱っているのか。優しいのか、乱暴なのか。甘い睦言《むつごと》の一つも言わない、冷たい男か。

『……や……やっ、ぁ……や…っ……そこ……あっ……』

か細い震え声は、次第に涙声へと変わり、酷《ひど》く扱っているのかもしれないと思わされた。

拒むみたいな反応を漏らしながらも、こんもりと布団に覆《おお》われた戸明の腰は揺れ、興奮のあまり動いているのがわかる。

あの神経質そうな白い手が、一人でさえ晒《さら》せないような恥ずかしいところに触れているのを思うと、淫《みだ》らな想像に頭が滾《たぎ》りそうだ。

喉が渇く。

『んっ、ん……ぁ……あぁ……ん……』

甘く引き攣《つ》れた声、今『自分』は一体なにをしたのか。戸明の頭の中の、おそらくテクニシャンで少し意地の悪い自分。全身くまなく男の肌に触れ、性器もアナルも涙声になるほど嬲《なぶ》って可愛がって——

全力疾走でもしたみたいに喉がもうカラカラだ。

身じろぎもできないまま、玖月はこれまで感じたことのないほど気を昂《たかぶ》らせていた。

吐息の一つまで漏らさず聞かれているとも知らず、戸明は深く感じ入った声を上げる。イヤホン越しに切なく喘《あえ》いで、玖月に媚《こ》びて甘えて、すぐそこに迫った射精を知らしめる。

ベッドの揺れも次第に大胆さを増し、高くなった腰の膨らみはカクカクと動いた。『あっ、あっ』と間断《かんだん》なく零《こぼ》れる声まで高音になる。

もう我慢できないのだ。性器は弄《いじ》らずともきっとカウパーでとろとろで、いくらも持たない状態に違いない。

今、どんな顔をしているのか。

頭上から窺えるのは、枕の端に額《ひたい》を押しつけた戸明の頭だけだ。声からしてまた泣いているのかもしれない。快楽に溺《おぼ》れて泣きじゃくり、真っ赤に頬を染めているのかも。

あの見るからに堅物《かたぶつ》そうで、実際家でも緩んだところのない生活を送る十六番が。さらさらに乾いて、温度も湿度も低そうに振舞う戸明が、今は。

朧《おぼろ》げな想像に縋《すが》るほどに、玖月の欲求も高まる。

——見たい。

見てみたい。暴《あば》きたい。カメラを動かしたい衝動を、どうにか封じ込めるだけで精いっぱいだった。停止《アウト》すべき映像を、わざわざ見始めただけでも任務を逸脱《いつだつ》しているのに、この上あるまじき行為だ。

『……あっ……あっ、ん…っ……もっ……づき、くっ……玖月く…んっ……も…うっ……』

自分の名までもが入り交じる啜《すす》り喘ぎに、モニター越しのこちらまでどうにかなってしまいそうだった。

すでになっている。

乱れた息遣いが、戸明のものか自分のものかもわからなくなった。イヤホンの中だけで響いているのか、ルームに反響するほどに満ちて、猥《みだ》りがわしい音となってそこら中に溢れ返っているのか。

「…………は…っ」

実際は、玖月は表情もほとんど変えないまま、一度だけ浅い吐息を漏らしたにすぎない。

『あ…ぁっ……ん……』

達する瞬間上げた戸明の細い声は、いつまでも鼓膜を震わせているかのように頭から離れなかった。

しばらく無音の時間が続いた。

眠ってしまったかと思うほど動かなくなった戸明は、のろのろを身を起こすと後始末をし、身なりを整えてナイトテーブルの白い球体に手を翳した。

直径二十センチほどの暖かな光を放つランプは、AIアシスタントでもあり、家中の家電や通信機器と連動している。

ベッドのヘッドボードに背を預け、戸明は空間に画面を投影させていた。メニューをポップアップさせるも、なにをするでもない。タイムアウトで消えればまた灯《とも》す。何度も繰り返し。

無意味な一連の動作に、玖月はズームアップで画面に目を凝《こ》らして気づいた。

自分の連絡先だった。

メッセージか通話《コール》か。慌てて自身の左手のシンプルなメタリックのスマートバンドに視線を送るも、なにも受信する気配はない。

まさか登録したばかりの連絡先を眺めるのが目的というわけではないだろう。アクションを起こす様子のない男は、モニターの中で膝を抱えた。紺色のパジャマの膝頭《ひざがしら》へ、おもむろに顔を突っ伏す。

もしかして落ち込んでいるのかと、玖月はようやく察した。知り合ったばかりの男をオカズにしたことへの自己嫌悪。そのままずるずると沈んで布団を引き被《かぶ》ってしまいかねない戸明に、べつに気にすることもないのにと思った。

オカズでも主食でも好きにしてくれていい。むしろ、ほかの男の名前を叫ばれていたらと考えると、もやもやとした気分になる。

衝動的に、玖月はスマートバンドに触れた。

「あ……」

画面の戸明が、ピクリと顔を起こす。

『……え』

うっかり手を滑《すべ》らせたみたいな己の行動が信じられない。玖月の左耳のイヤホンからは自ら鳴らした着信音が響き、引き返す間もなく通話状態になった。

「あ……すみません」

『え？』

いきなり電話をしてきて、いきなり詫《わ》びられても訳がわからないだろう。

「あー……戸明さん、まだ起きてましたか？」

『うん、まぁ……ちょっと寝つけなくて。君に連絡しようかとも思ったんだけど……こんな時間はないかなって』

深夜三時過ぎ。親しい仲でも躊躇《ちゅうちょ》する時刻だ。まして連絡先を知ったばかりの、そう親しくもない相手では――

でも、本当にそれだけが理由なのか。落ち着いた耳に心地いい中低音とは裏腹に、コールに飛び起きたモニターの戸明は、ベッドの上で正座をしている。

生真面目《きまじめ》は不器用に限りなく近いのだろう。身の置き所がないというように、無機質なランプへ話しかける男に、玖月の気持ちは緩む。

ルームでモニターを見つめ、こんな気分になったことはない。

『今日はありがとう。付き合ってくれたおかげで、ようやく回転寿司にも行けたよ』

「あ……いえ、こちらこそ楽しかったです」

口先とイヤホンから、二重に響く自分の声。

ルームは静かだ。中央のモニターの島にいるのは自分ただ一人ながら、どんなに声を潜《ひそ》めても、通話の声がフロアの隅で仮眠中の二人の目覚めを誘発《ゆうはつ》しないとも限らない。

——のんびり礼を言ってる場合じゃない。

そもそも監視カメラのデータは録画されている。証拠に結びつかない限り、一時的な保存で蓄積されていくだけだが、残されていることに違いはない。

玖月は焦《あせ》った。

自らの軽率な行動と、抑えきれない衝動に。これまで仕事で冷静であるのはもちろん、過去の恋愛においても、心が動くのは先に条件が整ってからだった。

性別も立場も、無難で危なげない相手で、なおかつ確かな好意を寄せられたときに限り、玖月の恋愛モードは発動した。

早く終わらせるべきだ。

わかっていながら無難な言葉が出ない。

『玖月くん？』

三度目はない。そう思いながらも、今夜ドッグカフェへ勝手に足が向いた。

——そして、今も。

モニターを見つめる玖月は、黒い双眸《そうぼう》をゆっくりと瞬《しばた》かせてから言葉にした。

「また会ってもらえますか」

これは、恋なのだと思った。

そこだけぽっかりと夜をしまい忘れたみたいだった。

戸明《とあけ》が待ち合わせの駅の裏口に辿《たど》り着くと、玖月《くづき》は先に来ていた。歩道のガードパイプに腰をかけていても長身とわかる男は、ブラックジーンズに黒いコートを羽織《はお》っている。

服がモノトーンというだけで、昼日中でも夜を彷彿《ほうふつ》とさせるのは纏《まと》う空気のせいだろう。身を反《そ》らし加減にして、ビルの谷間の空を仰《あお》いだ玖月の頭上に太陽はない。あるのは光を覆《おお》い、寒空を引き立てるように垂れ込めた雲ばかりだ。

「ごめん、遅れてしまって。寒いのに、だいぶ待たせてしまったかな」

「俺も今来たばかりです。すみません、こっちこそ変な場所を指定して」

普通待ち合わせに利用するような場所ではない。バスターミナルへと抜ける小さな出入口で、二人のほかは乗り換え客が急ぎ足で行き交うくらいだ。

立ち上がった玖月は人の動きを目で追い、周囲を確認しているようにも見えた。

「どうかした?」

「あ、いえ。とりあえず食事にしますか? ランチタイムで混んでるかな」

「この辺りなら、同僚に勧められた穴場が近いけど……新しくできたビルにレストランフロアがあるらしくて」

「じゃあ、そこにしましょう。ていうか、誘ったのは俺なのにノープランですみません」

『また食事でも』と誘われ、戸明の休みの週末に会うことになった。

正直、目の前に玖月がいるのも、『会いたい』と言われたのも信じがたい。

「やっぱり昼は人多いですね」

「週末だから……あ、もしかして人混みは苦手だったかな？　警備の仕事は夜だって言ってたから、普段は昼間あまり出歩かないんだろう？」

「まぁ、寝てるか、昼シフトの応援やってるかですからね」

人の多い通りへ出ると、玖月はどことなく歩きづらそうだ。

もしかして、待ち合わせに人気の少ない場所を選んだのはそのためか。道行く人と同じ時間を共有しているはずなのに、玖月だけが別の時間軸に存在しているかのようだ。

辿り着いたビルの上階のフロアは混雑もなく、戸明はホッとした。レストランで案内されたのも、テーブルが広く眺めもいい窓際の席だ。

「よかったね、落ち着けそうな店で……えっと、なにか変？」

コートを脱いで向かいに座ると、やけに視線を感じる。

「いや……その服、似合ってます。そういえば、スーツじゃない戸明さんは初めてですね」

律儀に褒《ほ》められて驚いた。

濃紺のモックネックのニットベストに白いシャツ。ボトムはシルエットのコンパクトな茶系のウールパンツと、周りのテーブルの女性客のような華やぎもないシンプルな服だ。

けれど、昨夜《ゆうべ》ウォークインクローゼットに籠《こも》ってあれこれと迷い抜き、選んだ服ではある。

いつもカジュアルな玖月とのバランスを考え始めると、唸《うな》るほどに悩んでしまった。

いくら察しのいい男でも、そこまで見抜けやしないだろうと思いつつも、自分を見つめる眼差しがやけに優しい気がして戸惑う。

「ありがとう。玖月くんは……変わらないね」

「すみません、代わり映《ば》えしなくて。仕事も私服なんで、オンオフの切り替えが効かないっていうか……俺ももっと綺麗めの格好してくればよかったな」

「充分だよ。君はその……そのままで」

「はは、無理に褒めなくても」

「無理じゃないから」

根拠はある。駅からの道程《みちのり》でも感じていた、あからさまなまでに玖月へ吸い寄せられる視線の数々。店内も食材への拘《こだわ》りが自慢のオーガニックイタリアンなだけに女性客が多い。

人影疎《まば》らな夜の街では気づかなかったけれど、どうやらいるだけで異性の関心を集める男だ。

確かに、改めて見るほどに整った顔をしている。下りた前髪に隠れがちな黒い眸《ひとみ》はクールな印象だ。纏う夜の空気も言い換えればミステリアスで、ルックスに雰囲気まで揃った男が女性たちの関心を引かないはずもない。

——好《この》き好んで貴重な休みに男と会う必要もないだろうに。

「戸明さん、俺の顔ばかり見てないで、注文も決めてくださいよ？」

メニューに視線を落とした男の口元が、ふっと笑んだ。戸明は『あっ』となる。

「ああ、うん……というか、君は本当に昼でよかったの？　昨日の晩も仕事だったんだろう？　寝てないんじゃ……」

「今日は昼の人手が足りてるのがわかってましたから。応援の必要がないんで楽です」

「夜勤明けなんだし、それで普通だよ。若いからって無理は……」

「若い若いって、戸明さんと大して変わりませんよ。もう二十六です」

「僕は三十一だけど……五つの差はそこそこ大きいよ。あー……君がまだベビーカーに乗ってる頃、僕はランドセルを選び始めてたわけで」

「ランドセルって……今時使ってる子のほうが珍しいですけどね。それに、戸明さんが八十歳のお爺《じい》さんになる頃、俺もジイサンです。こっからの差は縮んでいく一方ですよ」

先の未来どころか今を共にしているのも意外なくらいながら、縮むというのはわからなくもない。

「まさか、今更帰って寝ろとでも言うんですか？」

「それは……言わないけど」

「でしょ。今は睡眠欲より食欲ですね。なににしますか？　これ、美味《おい》しそうじゃないです？　俺、エビとかカニとか甲殻系《こうかくるい》好きで」

「へぇ、そうなんだ……あ、僕は牛フィレのソテーも気になるな」

適度に種類も豊富なランチは、選ぶ楽しみもある。フロアスタッフの女性のオーダーもタイミングよく、ロボットにはない心配りの感じられる店は、そう待たずにきた料理の端々からもシェフの拘《こだわ》りが伝わった。

胃も心も満たされる。

「良い店ですね。穴場になってるのはもったいないっていうか」

「うん、僕も人に勧めようかな。ランチにも来れそうな距離だし。あ、君の職場もこの近くなんだろう？」

「ええ、まぁ。この後どうします？」

玖月はやや唐突に話題を変えた。

「あ……そうだね、映画とかどうかな？」

「観たいタイトルでもあるんですか？」

「そういうわけじゃないけど、新作も公開してる時期だし、気になるのがありそうだと思って」

戸明は、腕時計のベゼルに触れる。一見、アンティークに見える革ベルトの時計でも、備わったスマートバンド機能を使えば、情報を得るのはすぐだ。

「映画か……なんかデートっぽいですね」

手元を見つめた男のなにげない言葉に『えっ』となる。

「べ、べつにそういうつもりは……ゆっくり落ち着けると思って」

心臓に悪い。玖月に同性愛者だと明かしたのは四日前だ。仕事の繋がりもしがらみもないとはいえ、するっと話してしまい自分でも意外だった。

これまで誰にも話したことはなかった。

ゲイと知っても警戒はしないのか。予防線を張る気配もなく食事に誘ってきた男は、アフターコーヒーのカップへ口をつけると目を細める。

「優しいんですね」

「え……」

「俺のためでしょ？　べつに二、三日寝なくったって平気なくらいなのに。本当に不規則には慣れてますから」

観たい映画は特にない。ただ人混みを歩き回らせるよりはいいだろうと思った。

「戸明さんは、やっぱり良い人です」

『デート』と同じ軽口かと思いきや、カップを下ろした玖月の口元は少しも笑っていなかった。

改まって言われるほどのことではない。

「か、からかわないでくれ」

「本気です。真面目だし優しいし、悪いことなんて一つもできそうにないっていうか……すみません、当たり前ですよね。弁護士の先生なんだし」

「当たり前かどうかは……弁護士だからって善人とは限らないよ」

皮肉にも、父親の顔が頭を過《よ》ぎった。背任《はいにん》行為でクライアントの信頼を裏切り、事務所を窮《きゅう》地《ち》に追い込んだ父が善人であるはずがない。

食後の行き先は、そのまま映画に決まった。

自宅も職場も近い駅は、正面口を中心に繁華街が広がっている。映画はミニシアターしかないけれど、玖月はそこでいいと言った。

フィルム時代に逆行したかのようなレトロな映画館だ。かつては没入感《ぼつにゅうかん》が売りだった映画は、自宅でも遜色《そんしょく》ない仮想現実を楽しめる時代となり、アナログなスクリーンが再び支持されるようになった。

今やアナログこそ家庭では味わえない贅沢《ぜいたく》だ。実際、久しぶりの映画館でシートに包まれてみると妙に落ち着き、途中からは玖月のためであったことも忘れ、作品世界に集中した。

マイナーな映画で、役者の顔ぶれに新鮮味を覚えたのもある。ブラックジョークに笑いそうになったかと思えば、いつの間にやらシリアス。終盤《しゅうばん》に入ると、どこからか啜《すす》り泣きまで聞こえてきて、ふと隣席が気になった。

回る寿司を前に、玖月が自身を『ぺたんとしている』と称していたのを思い出す。現実でも心の波立つことがないというなら、映画《フィクション》で揺さぶられることもないのか。

そっと左隣を確認しようとして、戸明はびくっとなる。

玖月が落ちてきた。

傾《かし》いだ男の頭が、ニットベストの左肩で重みへと変わり、思わず身を弾《はず》ませそうになった。顔だけをそろりと捩《よじ》って確認すれば、スヤスヤという言葉がぴったりの穏やかな表情で、玖月は眠っていた。欠伸《あくび》一つ漏らさず、『睡眠欲より食欲』なんて言っていた男の、暗がりであっさり寝落ちした姿に驚く。

お腹が満たされ、二位以下に甘んじていた睡眠欲がトップに急浮上したのか。前触れなくスイッチでも切れたような眠りは、ともすれば子供のようでもある。

閉じた目蓋《まぶた》は、スクリーンの反射光でやや青白い。寝言なのか、唇が微《かす》かにもにょもにょと動いた気がした。

落ち着く枕でも見つけたように、そのまま肩へと頭を預けてくる男を、うっかり可愛いと思ってしまい、ふっと戸明の口元も綻《ほころ》ぶ。

困ったことに悪い気がしない。

それどころか、ドキドキしている。どんな仮想現実の世界にポンと放り込まれるよりも心臓が鳴った。

これもアナログな上映ゆえのハプニングか。

親に連れられ初めてスクリーンで映画鑑賞をした百年前の子供と同じくらい、戸明は胸を高鳴らせた。

「気づいたのなら起こしてくれればよかったのに」

映画館を出ると、玖月はバツが悪そうにしていた。歩きだした戸明は、ウールコートの首元にマフラーを回しながら応える。

「気持ちよさそうに寝てたから」

「『コイツ、平気って言ってたくせして、やっぱり眠かったんだな』って感じですか?」

「そんなこと思ってないよ」

「じゃあ、なにを?」

「なにって……あー、食べたらやっぱり眠くなっちゃったのかなとか?」

「ほら」

同じだと指摘されて、バツの悪さが飛び火してくる。玖月がふっと気が抜けたみたいに笑えば、こちらも。

「日が暮れるの随分早いな」

「冬ですからね」

二時間ちょっとの間に、街は様変わりしていた。ようやく晴れ間の覗いた空は、ビルの谷間でグラデーションに染まり、もう夜に飲まれかかっている。

なにより、灯《とも》る街明かりが夜の知らせだ。クリスマスシーズンの今は、天高く聳《そび》える煌《きら》びやかな投影のツリーやイルミネーションも加わり、どこもかしこも眩《まばゆ》い。

人気《ひとけ》は夜になって減るどころか、増した感さえある。帰る前にコーヒーの一杯くらいと思っていたけれど、通り沿いに目につくカフェはどこも見るからに満席だった。

交差点に面したカフェはガラス壁が水槽のようだ。水の代わりに暖かな橙色《だいだいいろ》の光に満たされている。おしゃべりに夢中な客たちが、アクアリウムで泳ぐ魚たちのように見えた。恋人らしき男へ向け、楽し気に笑う女性の胸元でひらひらと揺れる両手。魚の胸びれみたいだなんて。

「戸明さん、青ですよ」

呼びかけられて、ハッとなる。

「あ……」

足を止めた交差点の信号が変わり、路面に描かれた白線は『進め』と促《うなが》すように強く発光している。感応性《かんのうせい》の発光塗料だ。

進めば駅へ着く。そこで解散かと思うと、名残惜《なごりお》しさが募《つの》った。

「玖月くん、もう少し時間ないかな」

「え?」

「うち、寄っていかないか?　すぐ近くなんだ」

玖月は目を瞠《みは》らせた。

「……戸明さんの家ですか？」

「うん、コーヒーでよければ豆はいろいろ揃ってるし。紅茶と、あとワインもいくらかなら……あっ、もちろん緑茶もある」

家にある飲み物を並べるほどに必死感が増し、曇《くも》ってもズレてもいない眼鏡に触れれば緊張感までもが伝わりそうになる。

玖月でなくとも、男を家に誘うなんて初めてだ。同性愛者だからこそ、ただの友人でも誘えば意味を持ってしまう気がして、気軽に距離を縮められずにいた。

玖月は黙っていた。

立ち止まった二人をその場に残し、スクランブル交差点を人々は我先にと流れ去る。路面の白線が信号に合わせて明滅《めいめつ》し、光が失せる頃には玖月の沈黙は返事に変わった。

躊躇《ためら》いは充分すぎる答えだ。

「あ……ごめん、なんか急に……君は仕事明けで疲れてるのに。またそのうち……」

玖月が遮るように口を開いた。

「うちに来ますか？」

聞き違いかと思った。

「え……」

「すみません、今日は戸明さんの家に行くのはちょっと……うちでもよければ」

普通は自分のテリトリーである家へ招くほうが、ハードルは上がるものだろう。摑みづらい男だ。ふらっと遠退《とおの》いたかと思えば、また近づいてくる。なにを考えているのかわからない。

そこは、踏み込んでいい領域なのか。

街明かりを淡く反射する玖月の黒髪がふと、映画館で閉じた目蓋を照らしていたスクリーンの光のようにも見える。

戸明は戸惑いつつも口にした。

「いいのか?」


玖月は、自室に戸明がいることにひどく違和感を覚えた。

「ここに住んでるの?」

間接照明の明かりをハーフリムの眼鏡が反射し、落ちつきなく視線を動かす男は、マフラーも外さず部屋の中ほどに立ち尽くしていた。

自分の部屋にいるのは、長い間職務で監視し続けてきた被疑者《ひぎしゃ》だ。

違法薬物、ポットスプラウトに関わる嫌疑《けんぎ》は、もう間もなく法で認められた監視期間の六十日が経《た》とうとしている。

残すところ、あと八日。冤罪《えんざい》は日に日に現実味を増し、今では玖月だけでなく延本《のぶもと》や満安《みつやす》も十六番の『ゼロポイント』を確信し始めている。

ゼロポイントワン、0．1パーセント以下の確率でしか発生しない無実。

だからといって、監視中のあの部屋に玖月が行けるはずもなかった。

——今は、まだ。

咄嗟《とっさ》に『うちに来ますか』などと口走った。戸明が気安く自分を部屋に誘ったわけではないことがわかるだけに、無下《むげ》にもできなかった。

昨晩、ウォークインクローゼットに籠っていた戸明を知っている。迷って脱ぎ重ねた服も、マフラーも。普段、通勤ではネクタイも迷わずに選ぶ男なだけに、その行動は意味を伴《ともな》った。

「すみません、むさくるしい部屋で」

脱いだコートを、ドア近くの壁に並んだ黒いアイアンのフックへ引っかけながら、玖月は苦笑いしつつ言う。

戸明は焦ったように否定した。

「いや、そんなことはないよ。全然」

玖月の部屋は、駅にもルームにも近いマンションの一室だ。ビルに囲まれ景観は望めないものの利便性はよく、ワンルームながら、男の一人暮らしには十分すぎる広さもある。

「なんていうか、この部屋は広いし……さっぱりしてるね」

「そうですね、まぁ……確かに」

起き抜けのままだったベッドの布団を整えれば、後は片づけの必要なものはない。むさくるしくなるほどの物自体が存在しない。家具も荷物も。室内は引っ越し前の不動産情報の画像と大差なく、がらんとしている。

窓はガラスそのものが調光のできる仕様で、カーテンの類《たぐい》もない。ベッドとフロアクッション、カウンターキッチンに黒いレザーのスツールが一つ。

食器棚がないのは自炊をしない証《あかし》で、収納がクローゼット一つで事足りるのは無趣味の証か。

「なにを揃えたらいいか、わからなくて」

他人の部屋のように馴染まないのは、ほとんどルームに籠りっぱなしのせいかと思っていた。

「普通に家にありそうなものでいいんじゃないかな」

「普通の家ってのもよくわからないんです。手本がないっていうか……親が住んでたのは賃貸だったんで、家財道具は処分してしまったし。どんな家だったか、よく覚えてないんですよね」

たちまち戸明は表情を硬くした。幼い頃に揃って両親が他界したと伝えれば、デリケートな反応になるのも当然だろう。

「そんな顔しないでください。大丈夫ですから。親がいないのは、俺にとってはもうただの事実です」

「ああ、うん……ごめん」

「ほら、また『そんな顔』ですよ」

「ごめ……」

焦ったように首を振る戸明に、思わず笑みが零《こぼ》れる。

『そんな顔』は優しさの印でもある。

「座っててください。寛《くつろ》ぐって言っても……そのクッションしかないですけど。コーヒーを淹《い》れます」

「ああ……じゃあ手伝うよ」

カウンターキッチンに一緒に入ったところでやることは少ない。お茶はポーションをセットするだけのコーヒーメーカーだ。

「すみません、挽《ひ》いた豆じゃなくて。種類はいくつかあるけど……どれがいいですか？」

「じゃあ、モカを」

銀色のコーヒーメーカーにエチオピアモカの赤いポーションをセットし始めると、玖月の手元を見つめる戸明は言った。

「君は大人になるまでどこで暮らしてたの？」

「親戚も遠縁だけだったんで、中学卒業までは児童養護施設で育ちました」

「施設……大変だったね」

「べつに悪いところじゃなかったですよ。俺のほかにも身寄りのない子たちがたくさんいて、毎日が学校の延長みたいで。ただほとんどが共有スペースだったし、個人のものはあんまりなかったかな」

警察官になったときに挨拶《あいさつ》に行ったのが最後だ。もう施設《ハウス》には七年ほど顔を出していないが、忘れることはない。

「そういえば……俺の家って感じだけはしてましたね」

「玖月くんの家?」

「施設の名前にムーンって入ってたから。フラワームーン、五月の満月のことです。北半球の花が咲き乱れる時期だからそう言うらしいですけど、五月は施設の創立した月でもあって……なんか、俺の家っぽいなって思ってました」

「名字に月が入ってるから?」

「子供の考えることって、単純ですね。普通がどんなかもわかってないし」

玖月は、急に決まりの悪い思いに駆られる。こんなどうでもいいような思い出、人に話したことはない。

戸明は笑わずに応《こた》えた。

「『普通』は人それぞれだし……自分が居心地がよくなりそうと思ったものを置けばいいいんじゃないかな。欲しいと感じたものをさ」

「それが案外難しいっていうか……でも、最近ちょっとはわかってきた気がします」

『欲しい』という感覚そのものが、ずっと強くは湧《わ》かなかった。玖月のそのセンサーは鈍《にぶ》く、生まれながらの初期不良かと思っていたけれど、きっかけで狂いが生じただけだったのかもしれない。

今は少しわかる気がする。

背後に立つ戸明は、手持ち無沙汰《ぶさた》そうにしているだけで、なにも手伝ってはいない。けれど、そこに誰かがいて、コーヒーを淹れる間つまらない話を聞いてくれることに心地よさを覚えた。

この瞬間が続けばいいいと思える。

ずっとそこにあり続ければいいと望むもの。

つまり、それが『欲しい』ということだろう。

「戸明さんの部屋はどうです？　ああ、水槽《すいそう》の魚は欲しくて飼ったわけじゃなかったんでしたっけ？」

「父が熱帯魚好きでね。飽きっぽい人だから、すっかり押しつけられてるよ。魚のほうは、僕に代わったからって気づいてもないみたいだけど。たぶん、水槽の自動給餌《きゅうじ》とも区別ついてないんじゃないかな」

「そんなことないですよ」

「え、どうしてそう思うの？」

「どうしてって……」

戸明が餌《えさ》を上げるときには、生き生きと飛び跳ねんばかりに水面に集まっていた魚たちを知っている。留守中の自動給餌を見ることのない主人は、違いに気づいていないらしい。

コポコポと音を立ててブラウンのマグカップに注がれるコーヒーを見つめ、玖月は言った。

「魚でも、ちゃんと人か機械かの区別くらいついてます」

「そうかな。犬や猫みたいな親密なコミュニケーションは取れてないよ。長く世話をしても、魚じゃ触れることもないし……」

「人間だってだいたいそうでしょ」

「え？」

「日本人はハグの習慣もないし、パートナー以外とは親しい仲でも滅多《めった》に触れ合いません。家族でさえ……あ、俺はよく知らないんでイメージですけど。そうなんでしょう？」

むやみに他者に触れず、パーソナルスペースを保つのがマナーとされる文化だ。

——今はどうだろう。

今は適切な距離か。無駄に広い部屋で、カウンターキッチンに男二人。半歩ほど下がって立った戸明との距離は、僅《わず》か数十センチだ。

「あ……」

振り返った弾《はず》みで一層《いっそう》近づく。目が合えばどちらからともなく微かな声を上げ、どちらからでもなく、互いに意識したのがわかった。

動けない。動こうとしない。

「玖月くん」

「……はい」

「今日はなんで誘ってくれたの？」

「え……」

今このタイミングでそれを訊くのかと戸惑う一方、今がそのときだとも思える。

「君は自分から積極的に会いたがる人じゃないと思ってた。なんとなく……だけど。連絡をくれたのも正直意外だったし」

立場上、会うべきではないのはわかっている。なのに、あの晩、衝動的に連絡した。時間も場所すらも弁《わきま》えずに、『会いたい』などと口走った。

——今だってそうだ。

自宅へ誘ってくれた戸明を無下に突っぱねられないなどというのは、自身への愚《おろ》かな言い訳にすぎない。

単純に、自分がもう少し一緒にいたかっただけだ。

衝動には、いつも必ず理由がある。

「……そうですね。でもあの晩、もしあなたから連絡がきて、あなたのほうから誘われたとしても、俺は『イエス』って答えるのが目に見えてました。だったら、自分からするのも同じだなって……あのときそう思ってた気がします。すみません、夜遅くに」

「いや、僕も……できれば僕も連絡したいと思ってたから……」

顎先《あごさき》を巻いたままのマフラーへ埋《うず》めた男は、伏し目がちに微笑《ほほえ》む。

数十センチあったはずの互いの距離は、とうに十センチを切っていた。戸明のはにかんだ笑みを見つめるほどに縮む。

自分が顔を寄せているからだ。

ふと思い出した。

人が水槽の魚に触れないのは、必要がないからだけでなく、弱らせてしまうからだと聞いたことがある。体温差が悪影響を及ぼしてしまうのだと。

「玖月くん?」

「いいんですか? 拒《こば》むか避けるかしなくても」

「え……」

「キスしてしまうかもしれません」

不思議そうにこちらを仰いでいた男は、レンズ越しの目を瞠《みは》らせた。

「そんな気……ないくせに」

「気はありますよ。ただ……できないってだけで」

「できないのは僕が男だから?」

「違います」

即答するも、至近距離の男の表情が曇った。

陰《お》りを帯びた眼差し。時折、戸明の反応に卑屈さが滲むのは、これまでの恋があまりいいものではなかったせいなのか。

「……君はゲイなの？」

「違うと思います。でも、この先はわかりません」

「セクシャリティはそんなに簡単に変わりは……」

戸明が卑屈なら、自分は卑怯だ。

「……あ」

一瞬のキスをした。

弾みでぶつかったみたいな口づけに、小さな驚きの声が上がる。唇の柔らかさも体温も、ろくに感じる間もなく、くっついた瞬間にはもう離した。

けれど、どんなに短くとも淡くとも、キスはキスだ。

「……しちゃいましたね、キス」

「玖月く……」

一度触れてしまった唇は、容易《たやす》く引き合わさる。既成事実に導かれるように、玖月は冷えたコートの背中に手を回して、今度はしっとりと押し合わせた。

思いのほか柔らかな唇。同性である違和感は頭を過ぎりもせず、何度か重ねた後は代わる代わるに吸った。上唇も、下唇も。脅《おど》かさないよう慣らしてから、軽く捲《めく》り上げる。

濡れた舌先を綺麗な歯列《しれつ》の向こうへ忍ばせると、途端にくの字に身を引こうとする男の腰を強く抱き寄せた。

「……ん…っ……」

零れる吐息は、イヤホン越しに聞くよりずっと甘い。甘くて艶《なま》めかしく、もっとと促すように舌と舌を擦《す》り合わせる。

深く奪うほどに、鼻先だけでなく眼鏡がぶつかりそうになり、玖月は顔を傾《かし》げた。右へ、それから左へも。角度を変えて、戸明の口腔《こうこう》の繊細《せんさい》な粘膜《ねんまく》を探り、震えるような吐息を導き出す。

腰を抱いた左手はそのままに、マフラーの中へと逃げ込みそうになる細い頤《おとがい》を右手で引っ張り出し、白い顔を上向かせた。

長いキスに、いつの間にか戸明は玖月のカットソーの胸元に指を立てていた。縋《すが》りつく男の足はわかりやすくガクガクと震えている。

「……戸明さん？」

「ごめっ……ちょっと、立ってられなくて……あれっ、えっとどうしたら」

戸明は自分でも訳がわからなくなったようで、助けを求めた。

——まさかキスだけで、腰が抜けてしまったとか。

眼鏡のレンズ越しの眸は、早くも潤《うる》んでいた。厚いウールのコートの下がどうなっているのかなんて、想像を巡らせてしまい、急に渇《かわ》きを覚えた。

欲しいという渇望《かつぼう》。

「とりあえず……座れるところに移動しますか？」

素直に頷く男に、子供でも丸め込んでいるような疚《やま》しさも。

この部屋で座れる場所は限られている。


「……玖月くんのベッド」

ベッドへ背中から沈み込んだ戸明は、軽く覆《おお》い被《かぶ》さる玖月をぼうっと仰いできた。

ふわふわした反応。ベッドへ辿《たど》りつく前にマフラーは外し、コートも脱がせた。

「そうです。戸明さんを呼ぶってわかってたら、カバーも替えておいたのに」

「いいよ、そんなの……玖月くんの匂いがする」

横顔をベッドへ擦りつけるようにして、スンと鼻を鳴らす男にぞくりとなる。意味深に匂いを嗅《か》がれて、勘違いするなと言うほうが無理だ。誘惑に長《た》けるほど男を知っているのかもしれないなんて考えた途端、腹は熱く、胸の辺りはチリッと痛んだ。

「……眼鏡、危ないから外しますね」

「え……待って、眼鏡は…っ……」

「外すとなにも見えないですか？　この距離でも？」

「そ、そんなことはないけど……」

途端に視線が泳ぎだした。

「戸明さん？」

「外した顔、見られるのはあんまり好きじゃないんだ」

「なんで？　戸明さん、綺麗な顔してるのに」

「き、綺麗は君のほうだろう」

「俺ですか？」

「綺麗っていうか……ハンサムだし、カッコよくて……み、みんな見てたし」

人の外見なんて興味のない男なのかと思っていた。

どこか不満げな戸明の反応に嫉妬めいた響きを感じ、玖月は痛んだばかりの胸の奥を擽《くすぐ》られたような気分になる。

「へぇ、そんな風に思ってくれてたんだ。嬉しいな……うん、嬉しいです」

額にそっと唇を落とした。眉に、眦《まなじり》にも。小さなキスの雨を降らせ、邪魔で仕方なくとでもいうように眼鏡を抜き取る。抗議の声は重ねた唇で封じた。

口づけの合間に、眼鏡を畳《たた》んでしまうのは容易い。薄いヘッドボードの上部の棚に置くのには少し手間取ったものの、勝手知ったる己のベッドだ。

ここは究極のテリトリーともいえる。

「……戸明さん?」

戸明は目蓋を落としたままだ。ぎゅっとしすぎて少し震えている。

前髪を優しく幾度か梳《す》いた。ほんのりと赤く染まった耳元を指の背で掠《かす》め、そのまま首筋まで滑り下ろせば、微かな吐息が色づいた唇からは零れる。

「戸明さん、俺を見て」

いつもレンズ越しに見ていた眸。

ようやく目が合う。形も色も、意外に長い睫毛《まつげ》の一本すら、変化はないはずなのに心をぐらりと揺さぶられる。

「玖月く…ん、あの…っ……」

体をぴったりと沿うように重ねれば、敷き込んだ身は小刻みに震えた。

長いキスでそこが形を変えているのは、コートを脱がせたときにもう気づいていた。

「……あっ……や……」

硬い膨らみを圧迫する。ゆっくりと腰を上下させ、互いのボトム越しに擦ってやると、切なげにヒクつくのが伝わってきた。

「ま…っ、待っ…て……」

「……戸明さん、すごく反応してる。さっきのキス、気持ちよかったんでしょう?」

「あ…っ……や…めっ……」

「これは嫌? 俺とするのが嫌?」

妄想の自分は相手にしたくせにと、暗い思いが過ぎりそうになる。

ゆらゆらと揺れる眸。伏し目で視線を逸らしつつも、戸明は両脇から手を伸ばしてきた。

そろりと玖月のカットソーを握り締める。

「……い、嫌じゃ…ない」

「本当に? 俺、イジメたりとか得意じゃないですけど、いいの?」

「いじめ……?」

「優しくしてしまうってこと」

「あっ……ん……ぁっ、や……ぁっ……」

重ねた体を強めに揺すっただけで、上擦《うわず》る声が零れる。敏感だ。

あの声だ。耳の奥へ、イヤホン越しに響いていた小さな啜り喘ぎ。

自慰での泣き出しそうな声は、戸明に被虐癖《ひぎゃくへき》があり、責め苛《さいな》まれる妄想でもしているのかと思い込んでいた。

実際はただ触れただけで涙目になる。

「随分……感じやすいんですね」

ボトムの前を寛げると、下着はじっとりと湿っていた。ボクサーショーツは重たく色を変え、縁《ふち》を捲れば性器は頭をヒクヒクと跳ね上げて泣き濡れた様を露《あらわ》にする。

「……ふ…ぁっ……ぁ……」

玖月が軽く先端に触れただけで、戸明の声は弾んだ。敏感な括《くび》れの周囲をぐるりと摩《さす》ると、それだけで啜り泣く。

「……ここ、キツイです？ そんなに力入れてないんだけど……ていうか、まだ全然……」

「あっ、や……」

「痛い？ この辺、あんまりしないほうが？ 教えてください。俺は男同士のことはよくわからないんで……戸明さん、俺よりだいぶ敏感みたいだし」

「……い……痛いわけじゃ……」

「痛くない？ じゃあ、もっと触っても？」

「ふ…っ……ぅ……」

前髪が戸明の額を擽るほどに顔を近づけ、玖月は繰り返し訊ねた。問う度《たび》に潤みを帯びる二つの眸。

——まるで酷《ひど》く苛《いじ》めてるみたいだ。

こんなに繊細で淫《みだ》らな男だなんて、毎夜すべてを見ていたくせして知らなかった。

戸明のことはたぶんなにも。あのパソコン前の涙を見るまでは、なに一つわかっていなかったに違いない。

知るほどに欲しくなる。堪《たま》らなくなってくる。

「玖月く…っ……んっ……」

微かな頭の上下の揺れを了承にして、深く唇を重ねた。

あやすみたいな口づけで宥《なだ》め、勃起した男の性器を手指で弄《いじ》る。自分以外のそれに触れるのは初めてだ。どうやら戸明は先走りが出やすく濡れやすい体質のようで、すぐにクチュクチュとした音が鳴り始めた。涙声も大きくなってくる。

痛いのではなく、感じすぎるだけ。

「……とろとろですね」

覗き込んだ顔は、もう真っ赤だ。眦まで赤く、浮かべた涙に下睫毛はびっしょりと濡れていた。

「ん…ぁ……んっ……ふっ、あ……」

とても年上の男には見えない。眼鏡をかけていない戸明の表情は、普段からは想像がつかないほど無防備で、反応も幼いほどに拙《つたな》く感じられる。

なにもかもが愛《いと》おしく思えた。

「こないだは……」

自慰ではこれほど乱れていなかったように思うけれど、顔はよく窺えなかった。

うっかり口にした言葉に、ぼうっとした反応が返ってくる。

「こな…いだ……？」

「いや……この服は暑くないですか？」

玖月は熱を上げた戸明の体から、ニットベストをたくし上げるようにして脱がせ、白いシャツのボタンは一つ一つ上から順に外した。

色づきやすい白い肌は、もうそこかしこが淡いピンクに染まっている。

「戸明さん、風呂上がりみたいだな」

くすりと笑みを零しつつも、はだけた胸元で艶めかしい色を覗かせたものに、意識は奪われた。

「ふっ……ぁっ、あっ……」

ぷっくりと膨れた乳首を愛撫する。

ちろちろと舌先で感度を上げてから、チュクッと音を立てて吸ってやると、火照った手足の長い肢体《したい》はぐずるように捩《よじ》れた。背中をベッドへ擦りつけていたかと思えば、ビクビクと揺れ、撓《しな》るように胸が浮き上がる。

「……んっ、ん…っ……ぁっ、ん……」

玖月は目を細めた。

「……乳首も感じますか？」

どこへ触れられても感じまくってしまう男が、可愛くてならない。

見た目は慎《つつ》ましいほど小さな乳首から腹部へ。臍《へそ》のほうへと尖らせた舌を這わせる。

下腹部は辿り着く頃にはもうどろどろだった。きつく張り詰めた性器は腹を打ちそうに反り返り、止めどなく溢れるカウパーが恥ずかしい糸を引き続けている。

「玖…月くん…っ……」

脱いだカットソーで、軽く下腹を拭《ぬぐ》ってやった。

「どうせ着替えます。俺も暑くなってきたんで」

「でも…っ……」

「もう濡れちゃいました。それより……」

戸明の服ならまだしも、自分の服などどうでもいい。

半端《はんぱ》に腿《もも》まで下ろしていた戸明のボトムに手をかけた。足先から全部抜き取り、すべてを晒《さら》した男の両足の間へ蹲《うずくま》る。

「……ひ…ぁっ……」

声は細く響いた。

感じやすい性器への口づけ。蜜《みつ》のような先走りを浮かべた先端から、涙の滲むほど敏感な括《くび》れへ。ピンと張りつめて感じられる裏の筋に吸いつき、チュッチュッと音を聞かせてから、ぞろりと元の天辺《てっぺん》へ舌を這わせる。

「くち……っ……そんな、こと……っ……」

「まだちょっと舐《な》めただけです」

「ちょっ……てっ……ぁ……はっ……はぁ……っ、や……ぁっ、あっ……ぁっ、んっ……」

口淫《こういん》への背徳感《はいとくかん》か、恥じらいか。両足のもぞつきは、滑《なめ》らかに張った亀頭《きとう》を頬張ってしまえば大人しくなる。

深く喉奥へ迎えてやると、ついには嬌声さえ途絶えて、戸明の腰はヒクンヒクンと痙攣《けいれん》するように跳ね上がった。

息も絶え絶えになるほど感じている。

「……っ……ぁ……」

熱い。とろっと溢れたものを、玖月は喉奥に感じた。

今ので軽く達してしまったらしい。

「……き、くん……っ……もっ、も……ぉ……あっ、も……今、いっ……て……っ、イッ……ぁん……っ……」

ぐずぐずと上がる声を耳にしながら、少ない精液を飲み下した。

「……まだ、ですよ?」

「ふっ……ぅっ……」

「もっと、ちゃんとイカせてあげます」

「ちゃ…ん…とっ…て……」

閉じたがる足を大きく開かせる。後ろまでよく見えるよう膝を起こさせ、抱え上げると、快楽だけでなく羞恥《しゅうち》にも弱いらしい男の涙声は激しくなった。

再開した口淫に、性器は萎《な》える暇もない。張り詰めるほどに、泣きじゃくるような声が自室を満たす。

前だけでなく、縮こまった双球《そうきゅう》も愛撫した。怖がらせないよう、脅《おど》かさないよう。苦痛は一つも与えたくない。やわやわと袋を揉《も》んでやり、その後ろの興味をそそられて止《や》まない場所にそっと触れる。

戸明の先走りに濡れた指で軽く撫でると、慌てて扉を閉ざすみたいに息づく。恥じらうようにきゅっとなった。

想像よりも反応がいい。

「戸明さん、経験あるんですよね？　こっちも」

「な…っ……ない……」

「……嘘でしょ。ほら……」

「あっ……やっ……」

クンと指先に力を込めれば、すんなりと飲み込んでしまいそうになる。

「俺には内緒ですか？　嫉妬に狂って乱暴にしたりしませんよ？」

「ちが……っ……ホントに、誰かと……なんてっ……そんな……あの、自分で…っ……」

チラと目線で表情を窺うと、戸明は手の甲で顔を覆っていた。隠しきれない耳元が真っ赤だ。

「自分で？　自分でしたことあるだけ？　本当に隠さなくても……」

戸明の年齢を考えても、にわかに信じがたかった。

確かに、自慰を目にしたとき、あまり慣れてはいなさそうだと感じたけれど——

「戸明さん……男は初めてってこと？」

まさかという思いがじわりと確信に変わり、間抜けに問い返してしまった。

キス一つで腰が抜けたのも、匂いを嗅いで誘って見えたのも、すべては覚束《おぼつか》なさのせい。

「だったら、俺と同じですね」

自身の安堵にも驚かされる。

独占欲。人にも物にも執着が薄いとばかり思っていた自分に、そんなものが潜《ひそ》んでいたなんて。

「同じ……玖月くんと」

ホッとしたような戸明の反応に、玖月の安堵はとうに欲望へと変わっていた。

「……ぁっ……」

濡れそぼった場所で右手を動かしながら、身を起こす。

戸明の顔を深く覗き込んだ。

「こんなに感じやすくて、気持ちよくなれるのに……なんで誰ともしなかったんですか?」

「なっ……なんでって……だ、誰も…っ……あっ……ぼく…っ、僕に、興味なかっ……たから…っ……」

「そんなわけないでしょ」

戸明は左右に頭を振った。

いつもは流し気味に整えられた髪が、乱れて額にもかかり、こめかみは涙で湿っている。眼鏡はない。男の鎧《よろい》とも言うべきスーツも、ネクタイも。あるのは快楽に頬を紅潮させ、感極まった泣き顔まで晒している姿だけだ。

こんな表情、誰も知らない。

あのパソコン前で泣かせた失恋相手の男も、ルームの監視員たちすらも。

玖月は顔を寄せた。

今にも唇が触れ合いそうな距離で、もう一度問う。

「ずっとこうしてほしかったのに、誰もしてくれなかったんですか?」

「……ひ…ぁっ……や、うし…ろ…っ……」

「戸明さん、ちゃんと答えて」

「あ…っ……だっ、誰でも…っ……いい、わけじゃな…っ……」

「誰でもいいわけじゃない？　俺はいいの？　俺はしてもいい？」

「あ…っ……ぁ…っ……」

問いながらも、答えを阻《はば》んでいるのは玖月自身だ。施《ほどこ》す刺激は、性器よりも奥の狭間《はざま》へと移っていた。

あの秘めた柔らかな場所。滑り込ませた指でやわやわと摩り、刺激を与えるだけでは足りずに、指先の圧迫に力が籠る。

「あっ、指……なかっ……あっ、中…にっ……や……」

「早くもっと拒まないと、都合のいいように解釈しちゃいますよ？　俺だけは、いいんだって……許されるって、思ってしまいます」

ぐずついた声を上げながらも、戸明の両手は玖月の裸の背へと回った。委《ゆだ》ねられた身に、クラクラとした興奮で頭がどうにかなってしまいそうだ。

理性が焼かれてしまう。

「んっ……あ、玖月く…ん…っ……」

「……ああ、中がもう……俺の指に吸いついてきてます。こうするの、好きなんですね」

「そこ…っ……あっ、あっ……」

「柔らかいな……オナニーの度《たび》に後ろも弄ってるんですか？　前だけじゃイケない？」

あからさまな問いに、戸明は首を振る。

「そんな…ことっ……」

震える男の目蓋にキスをする。浮かんだ涙すら、自分がそうさせているのだと思うと、どうしようもなく気が昂る。

戸明が可愛くてならない。

——いっぱい気持ちよくさせてやりたい。可愛がりたい。泣かせたい。メチャクチャにして、俺のものにしてしまいたい。

恋に溺《おぼ》れるとはこういう感覚なのか。

欲望のままに溢れる本音に、頭が支配される。

「んんっ……あっ、あ…っ、そこ…っ……」

「ココ？　気持ちいいの、ここですか？」

玖月の身の下で、戸明はビクビクと体を捩りながらも、微かに頷いたように見えた。

布団の中で、戸明が身を潜めて慰めていたところに違いない。前立腺の辺りか。慣れると癖になるほど快感を得られ、前だけでは物足りなくなるらしい。

「教えてください、俺に……あなたのいいところ。もっと、戸明さんのことが知りたい。もっと全部……いつも、どうやってよくしてるんですか？」

「いつ…っ……いつもじゃ、ない……ぁっ……や、あぁ…っ……」

「じゃあ、たまに？　どんなときにするんです？」

「君が…っ……君と……」

「俺？　俺と会ったときに、してくれたんですか？」

熱に浮かされて漏らした言葉は、引っ込めようがない。弱い部分を少しも解放しようとしない玖月の指に、身悶《みもだ》え続ける男は、追い立てられるままに頷いた。

何度もコクコクと頭を揺らす。

「……本当に正直だな、戸明さんは。それって、俺に抱かれたくてしょうがなかったたって言ってるようなものなのに」

適当な返事ではないのも、知っている。

以前は淡白だった。自慰など非生産的な行為には興味がないと言わんばかりの弁護士先生で、冷え切った生活を送っていた戸明が急に変わったのは——

「今日は俺がいっぱいします」

うっとりと囁きかけた。

奥へと長い指を飲み込ませると、きゅっと熱い内壁が恥ずかしく締めつけ、ただでさえ涙を浮かべた戸明は啜り泣く。

初めてなのだ。

男に抱かれるのも、愛撫してもらうのも。

「…………あ…ぁんっ……んんっ……」

吸いつく粘膜に覆うものはない。剝《む》き出しの性感帯を摩られる愉悦《ゆえつ》。腫れぼったいと感じていた部分は、瞬《また》く間にコリコリとした強い感触を指先に伝え始めた。

まるで、中が勃起しているみたいだ。誰でもそうなるのか、感じやすい戸明が特別なのか。こんなに淫らな体なのに、誰にも食われずにすんでいたのが奇跡だとさえ思う。

「……戸明さんいい？　気持ちいい？」

二本に増やした指で、玖月は優しく、けれど執拗《しつよう》にそこを嬲った。

「んん……ぁっ、め…っ……あ、そこ……くっ、玖月く……だめ…っ、あっ、あっ……ぁっ、んん……」

びっしょりと溢れてきた涙を、舌先で拭う。

泣いてしまうほどの快感がどんなものか、わからないながらも、昂っているのは戸明ばかりではなかった。解放できないでいる自身もまた、ジーンズの下で苦痛を覚えるほど猛《たけ》りきっている。

「……戸明さん」

玖月は浅い呼吸を繰り返した。

「んん…っ……や、もっ……そこばっか…りっ……」

「けど、反応すごい……腰、動いてます。ほら、もうガクガク……」

服で拭ってやったばかりの下腹がもうどろどろだ。

痛々しいほどに張った先端も幹《みき》も、玖月の身にどうにか触れさせようとでもいうように、戸明の腰はビクつき跳ね上がった。

「はっ、はぁ……玖月くん、あつ…い……熱い、玖月くんっ、もう、も…っ……して……」

「ん？　なに？」

「……前も…っ……前もさわっ、触って……ほしい…っ……」

濡れた眼差しで至近距離で見つめられ、玖月は息を飲む。甘えねだるような響きに、自然と目を細めて微笑んだ。

「もうイキそう？」

玖月の締まった二の腕に触れ、戸明は堪《こら》えようもない様子で頷く。

「……俺も。俺ももう限界です」

切なく引き留めようとする戸明の中から長い指を抜き取り、窮屈でならなかった服をすべて脱ぎ捨てた。

「あ……」

戸明が一瞬驚いたような反応を見せる。

本当に限界だった。乱れる戸明の媚態《びたい》に煽《あお》られきった昂ぶりは、引くに引けないところまできていた。

——欲しい。

強い欲望。壊れているとばかり思っていた玖月のセンサーはきついほどに反応して、覚えたこともない渇望《かつぼう》へと変わっていた。

手に入れたい男の体は、熟《う》れ切った果実のように目の前に転がっている。もう意のままだ。濡れそぼって綻《ほころ》んだアナルへと宛《あて》がい、滑る昂ぶりの先でじわりと圧迫する。軽く引いてはまた押しつけ、今からここを大きく開かせるのだと言わんばかりの仕草で、戸明をまたぐずつかせる。

「……んっ……ぁっ、玖月く…っ……」

散々泣かせた男の掠れ声。ハスキーになっても甘いその声に、昂った神経が摩られ、玖月は狂わされた。すべて、どうなっても構わないと。

この体さえ手に入れば後はもう――

「……はっ……戸明さん……」

玖月は苦しげな吐息を漏らし、戸明の額に額を押し合わせた。

「……玖月くん?」

「今日は……挿《い》れるのはやめておきます。戸明さん、初めてでしょう?」

自《みずか》ら繰り出した言い訳に、絶望さえ覚える。

本当は、堪らなく欲しい。どうしても欲しい。僅《わず》かに残された理性に裏切られた体が、喚《わめ》き立てる。

気が変になりそうだ。

「次は、我慢できるかわかりませんけど」

「……あっ……」

「挿れなくても、一緒に……上に、俺の腰を跨《また》げますか？」

「んっ……んっ……」

戸明の身を両手で支えながら反転させ、玖月のほうが枕を背宛てにしつつベッドへ寝そべった。腰に跨がらせると、戸明はまだ羞恥心を失ってはいない表情だ。

「一緒にイクだけなら、俺が上でもいいけど……こっちも、したほうがいいでしょ？」

背中からするりと狭間へ右手を滑らせ、濡れた綻びを指でなぞれば、戸明の頬はさらにパッと朱を散らしたように色づいた。

「……バカ」

消え入りそうな声で詰《なじ》られても、ダメージにもならない。

甘くて、微笑みしか零れない。

「バカでもいいです。戸明さんが、可愛く喘ぐとこ……見たいから」

二本の指を再びズッと穿たせながら、左手で腰を摑んだ。

「んんっ……あ……」

「……お尻、動かして？」

「あっ……ふ……っ……」

手本のように上下に身を揺らす。戸明の重みも加わり、強く触れ合った中心がきつく擦れる。上へ、下へ。そのうち支えがなくとも、戸明は本能のままに腰を前後させ始めた。

「戸明さん、上手いな……はっ、ヤバイ……気持ちいい……」

「……あっ……あっ、なか…っ……中もっ、んん…ぁっ……」

「中も、気持ちいい？　もうイク？　もう少し、我慢……」

飲み込ませた指先にぽってりとした感触を覚える。感じやすいところばかり弄りすぎて、だいぶ腫れぼったたい。揃えた指の腹でまた優しく摩ってやると、啜り泣くような声が激しくなった。

ぎこちなさを残していた戸明の腰の揺れも大きくなる。

「あっ、も…っ……いっちゃ……イッちゃう……玖月く…っ…んっ、もっ、もう…っ……」

「……もう出ちゃう？　射精、しそう？」

「んっ、んっ……出ちゃっ…う……あっ、あっ、だめ、ダメ…っ……そこ、もう……」

「まだです……俺は、もう少し…っ……」

「やっ、強く…っ……ぁっ、あっ……ぁぁ…ん……」

熱いものが、とぷりと迸《ほとばし》った。

「……ああ、もう俺の腹に……戸明さん、いっぱい……」

堪えきれずに戸明が放った白濁《はくだく》は、玖月の腹を濡らした。恥ずかしそうにしながらも我慢できずに腰を揺らし、残滓《ざんし》まで溢れさせている姿を目にすると、玖月も一気に熱を上げた。

「……ひ……ぁっ……あ…ぁっ……」

跳ね上げるような勢いで揺すって、本当は自身の屹立《きつりつ》で確かめたくてならない男の内へ指を深く穿《うが》たせる。

きつく腰を抱き、射精した。

「……戸明さんっ、は…っ……俺っ……俺は、あなたの…っ……」

一緒くたに吐き出しそうになる言葉を、掻《か》き抱《いだ》いた身で封じた。

腰だけでなく、全身を強く抱きしめる。体も、頭も、全部。自分の身に取り込めてしまえばいいとでもいうように抱き、しばらくそのままじっとして、荒れた息遣いが収まるのを待った。

冷めゆく興奮と共に、吹き飛ばした現実が戻りつくのを待つ。

「……すみません」

大人しく抱かれていた男が、急にそんな呟きを零してドキリとなる。

「なんで謝るんです？　謝るのは……」

「いいえ、なんか……いろいろと……君より年上なのに、こんな……」

戸明のほうは、落ち着きと共に戻ったのは羞恥心らしい。

「残念」

「えっ……」

「戸明さん、やっぱ可愛いなって、うっとりしてたとこなのに」

「……その可愛いって言うのも、僕にはちょっと……」

抱きしめる力を解いたら、顔が見えた。

戸惑いに揺れる眸に、引き寄せられるようにキスをした。一度目も二度目も、玖月から軽く唇を押し当てて啄《ついば》み、三度目は戸明のほうから顔を寄せてきた。

四度目は、どちらからかわからない。

それ以上はもっと。じゃれつくみたいにチュッチュッと何度も音を立て、それから少しだけ深いキスもした。

蕩《とろ》けた眸を覗き込む。夢のような感覚を味わいながら、夢みたいな願いを口走る。

「今度……今度は戸明さんの部屋に遊びに行ってもいいですか？」

「玖月くん……今度っていつ？」

夢うつつの中でも、玖月は考えた。

「すぐです、わりと……一週間くらい……二十日より先なら、いつでも」

一つになれたと勘違いするほど、肌の触れる距離で戸明は応えた。

「じゃあ、クリスマス間近だね。部屋にツリーを飾っておくよ」

「それで、デートはどうだったんすか?」

満安《みつやす》の言葉に、窓辺に立つ玖月《くづき》はコーヒーを噴きそうになった。

ルームの窓の外は今日も夜だ。

見飽きた夜景が広がり、多少変化があったところで気づきそうもない遠いオフィスビル群を背景に、時計代わりのシンボリックなマンションが聳《そび》える。

積み上がったガラスのキューブのような部屋には多くの窓明かりが灯《とも》り、夜が更《ふ》けてまだ間もない。

「なんの話だ?」

玖月は努《つと》めて冷ややかに答える。

乳白色のカップの中で激しく揺れたコーヒーが、どうにか零《こぼ》れずにすんだのは表面張力のおかげだ。モニター前で監視作業中の満安は、警察官とは思えない軽薄そうな茶髪の後頭部を向けたまま応《こた》える。

「またまた、惚《とぼ》けないでくださいよ~こないだの夜、俺と延本《のぶもと》さんが仮眠取ってるときに、どっかに連絡してたでしょ。気づいてないと思ってたんですか?」

侮《あなど》れない男だ。ぐっすり寝ているとばかり思っていた。

かけた通話《コール》は、身元のわかりづらい海外アカウントながら、戸明《とあけ》の部屋の音声を聞かれたらほぼアウトだ。

「……コールはしたけど、べつにそんな話はしてない」

「『会いたい』とかって、熱く誘ってたじゃないですか～」

「熱くない。知人が出張でこっちに来てるって言うから、礼儀として誘ったまでだ」

「玖月さんっ！」

勢いづけてくるっとデスクチェアを回した男に、コーヒーはまた大揺れだ。

「な、なんだ？」

「いや、なんていうか安心しました。ワーカホリックでスケートリンクみたいにガチガチ真っ平らに凍ってた玖月さんが、仕事以外に目を向けるなんて。ねぇ、延本さん？」

「まぁな。人生に恋愛は不可欠とは言わないが、あるに越したことはねぇな。星陽《せいよう》の言うとおりだ」

年長の延本まで支持に回り、満安の斜向《はすむ》かいの席で応える。そんな預貯金みたいな恋愛観を押しつけられても反応に困る。

「……ご心配には及びません」

とんだコーヒーブレイクだ。ようやく一口飲もうとしたところで、満安が再び噴きかねないことを言った。

「弁護士先生も、いよいよ彼女を部屋にお迎えっすね～」

一時の安らぎさえ与える気がないらしい。

「『彼女』って？」

「こないだやっとプレゼントを渡せたっぽい相手ですよ。やっぱ上手くいったんですって、ほら！」

ヨガみたいな無茶なポーズで体を反《そ》らし、玖月にモニターを見せつけてくる。

画面に映し出されているのは、戸明の自宅だ。中央で存在感を放つ大きな水槽《すいそう》と、壁のストリップ階段が印象的な部屋は、様変わりしていた。

美しくも温かみからはほど遠かった無機質なリビングのコーナーには、生命を感じさせる深い緑のモミの木がある。

背丈よりも大きなクリスマスツリーだ。本物のモミではないが、投影でもない。ホワイト、ブロンズ、艶《つや》の柔らかなシルバー。戸明らしいシックな趣味のオーナメントが、無数の輝きを放っていた。

満安が突っ込まずにはいられないのも当然だ。夕方、配送業者が運び込んだツリーに、オーナメントを飾りつける戸明は上機嫌で、クリスマスソングの鼻歌さえも響かせていた。

昨夜《ゆうべ》話していたツリーかと思えば、玖月も落ち着きを失う。

「どうです？　魚しか見てないのに飾りますか、ツリーなんて？」

「自分のために飾る人だっているだろ」

「そんな虚《むな》しいことしませんよ。クリぼっち盛り上げてどうすんすか」

「おまえはしなくても、十六番はするんだろうよ」

「ホワイト・クリスマスの鼻歌ですよ?」

「だったらどうだって言うんだ。ジングルベルや赤鼻のトナカイならセーフか? サイレント・ナイトは? ホリー・ジョリー・クリスマスは?」

——完全にアウトだ。

自分が取調室の被疑者《ひぎしゃ》ならば、完全に語るに落ちている。

後ろ暗いところのある者ほど、饒舌《じょうぜつ》になる。玖月は敗北感さえ覚えるも、まだ警察官としてもひよっ子で、経験の浅い満安はそこまでは考えが及ばなかったらしい。

「わかりました。余計な詮索は止《や》めて、ツリーにポットが隠されていないか、よっく見ときますよ。サンタの格好で薬配る売人もいましたからね」

玖月は表情だけは神妙に頷き、席に着こうとして、またもビクリとなった。

モニター越しに、こちらを仰《あお》ぐ延本とバッチリと目が合う。

「リーダー、先生を任せていいか?」

「え……」

いちいち言葉が意味深に聞こえてしまうのは、心に疚《やま》しいところがあるせいか。

「ゼロポイントだよ。あと七日だ、まさか忘れてるわけじゃねぇよな?」

「あ……はい、それは。後処理も必要になりますしね」

実質無実として捜査が終了となるゼロポイントは、報告書の類《たぐい》も膨大《ぼうだい》になる。

本来、容疑の固まった被疑者に限られるはずの監視捜査を、善良な市民に課したと証明する結果だ。

「すまん、俺はまだゼロポイントは一度しか経験がなくてな。書類一つ作るのにも手間がかかりそうだ。任せてしまってもいいか？」

「もちろんです。ていうか……それは俺がやるべき仕事です」

「なんだ？　チームリーダーだからか？　急に自覚が芽生《めば》えたな」

これまで責任者としての役目は果たしつつも、監視員歴の長さで割り振られたに過ぎないと言い放っていた。

訝《いぶか》りつつも嬉しげでもある延本の顔は、玖月が着席するとモニターに阻《はば》まれ見えなくなった。

視界は黒い艶《つや》やかな板状のモニターでいっぱいになる。おびただしく並んだアイコンのような画面の中から、十六番を中央に移せば、ズームアップした画面には昨夜自宅のベッドで触れ合った男がいた。

——あと七日。

あと四、五時間で日付が変われば六日。

もうすぐ戸明は、この理不尽な監視の檻《おり》から解放される。

祈るような眼差しで見つめる玖月は、冷めゆくコーヒーのことは忘れた。

子供の頃、施設にアドベントカレンダーが差し入れられたのはあまりいい思い出ではない。

赤い屋根の大きな木製ハウス。日付の数だけ引き出しが並んでいた。

普通の家庭なら、一日また一日と小さな引き出しを開けて菓子を取り出し、近づくクリスマスにわくわくした時を過ごすのだろうけれど、純粋でいるには施設の子供の数は多すぎた。

引き出しを開けたら中は空っぽ。盗み食いをしたのは誰かと険悪なムードが漂い、玖月はクリスマスなんて早く終わってしまえばいいのにと心底思った。

——今はどうだ。大人になった今、クリスマスは待ち遠しくてならないものに変わったか。

月が出ていた。

ふと夜空を仰ぎ、交差点で足を止める。

歩行者信号が青に変われば、人が四方に行き交う雑踏《ざっとう》。路面の横断歩道は眩《まばゆ》く発光し、前を行く小さな男の子が、耳の長い小動物にでもなったみたいに白線の光の上をピョンピョンと跳ねて進み始めた。

小学校低学年くらいか。目立つ青いダッフルコートの後ろ姿だ。こんな時間に一人ではないだろうと、周囲の歩行者の中に親の姿を探しつつ玖月は歩く。

懐かしい。子供は無意味な行いをしたがるものだ。玖月も幼い頃は白線の上を好んで歩いたし、思えば昔は施設の職員が選ぶままにカラフルな服だって着ていた。

職員たちの手を煩《わずら》わせまいと、自己主張をしない子供だった。

男の子と、路面の光の帯を目で追う。長い横断歩道も、向こう岸が近づくに連れて白線の数は減っていく。カウントダウンするように数えるうち、戸明のゼロポイントを思い起こした。

四六時中、考えている。

もう、あと五日になった。

あの部屋のすべてのドローン型カメラは回収され、何事もなかったはずの平穏な日常が戻るまであと少し。

監視捜査の対象であったと、戸明自身が知ることはない。通常の捜査と同じだ。送検されず、取調べも裁判も受けない以上、捜査結果が被疑者に伝わる機会は生まれない。

六十日間も生活を丸裸にされて、秘密裏に身の潔白《けっぱく》が証明されただけとは、あまりに理不尽な気もするものの、世の中には知らぬが仏という言葉もある。

データは完全に抹消《まっしょう》される。各部署やほかのチームとあえて情報を共有しない監視員は、被疑者の個人情報は細切れにしか知らない。名前も、自宅側のチームであれば職業も。毎夜見続けた部屋がどこにあるかさえ、本来ならば知り得ない。

けれど、自分はどうだ。

このまま許されていい存在か。

戸明に捜査情報は明かせない。たとえ違法行為でなくとも、真実も話せないまま、なに食わぬ顔で傍《そば》に居続けることは許されるのか。

監視員であることも、真の出会いが監視のモニター越しであったことも、戸明が知ったとして受け入れるとは到底《とうてい》思えない。

カウントダウンの先に待っているのは、まやかしの未来だけだ。

心待ちのクリスマスなど、昔も今も存在しない。その日が迫るほどに、ハリボテの現実が見えてくる。子供の頃と同じだ。サンタも、枕元にプレゼントを置く両親も現れやしなかった。

クリスマスがきても。

なにも現実は変わりはしない。

青信号は点滅《てんめつ》を始め、横断歩道の白線も終わった。道路の向こう岸には、商業施設のクリスマスツリーが天高く巨木のように聳えている。

ビルの十階ほどの高さはあろうかという、投影のクリスマスツリー。目に痛いほどに眩い光の装飾を纏《まと》ったツリーの脇をすり抜け、歩道を行こうとした玖月はハッとなった。

ツリーの陰から、それは不意に列を成して現れた。

魚だ。

——ソラスズメダイ?

鮮《あざ》やかなコバルトブルーをした、戸明の部屋の水槽にも数多くいる小ぶりの海水魚だった。

夜の街を泳いでいる。

ひらひらと振れる黄色い尾びれ。行進するかのごとく行儀よく一列に並び、驚いて足を止めかけた玖月の周りをクルクルと回り始めた。

幻想的な眺めは、ツリーと同じく投影に違いない。真冬の街で魚のプロジェクションなんて初めて目にした。

イエローコリス。アカネハナゴイ。ブルーフェイス。次々と泳ぎ出てくる魚を、歩道を行く人たちは誰も気に留めた様子がない。この街はあまりにも虚飾《きょしょく》に溢れ、目の前にあるものが真実とは限らないことに慣れすぎた。

回る、回る。自分の周りだけを巡る魚たち。ふと玖月は魚に手を伸ばした。

黄色い尾びれが、指先を掠《かす》めた。

冷たい湿った感触に目を瞠《みは》らせる。

伸ばした手に、泳ぎ去ろうとする魚は確かに触れた。摑めば手の中でビチビチと体をくねらせ、躍《おど》り狂うように跳ねてもがいた。

「は……投影、じゃない?」

本物の魚だ。

これはなんなのか。ここはどうなっているのか。

鮮やかな魚たちが、水槽から解放されたように悠々と泳ぎ回る世界。

——ここは、水の中だ。

玖月は反射的に息を止めた。呼吸をしてはいけない。ここに空気はない。肺呼吸の人間は、水中で酸素ボンベもなしに生き延びることはできない。

息をするな。なにも信じるな。

目に映るものは、いつも真実とは限らない。

「あ……」

歩道の真ん中に、男の子がいた。

白線の上を飛んでいた青いダッフルコートの子供が、真っすぐに自分のほうを向き、すぐ目の前に立っている。

こちらを仰ぐ、新月の夜みたいに光のない黒い眸《ひとみ》。

少年の顔は、幼い自分だった。


「玖月さんっ！　玖月さんっっ！」

声なら聞こえていた。

ずっとではないけれど、いつからか響いていて、玖月はパッと唐突に目蓋《まぶた》を起こした。応えようと口を開き、途端に噎《む》せ返った。

転がる勢いで起き上がった長椅子で、体をくの字に曲げ激しく咳《せ》き込む。まるで深い潜水から水面へいきなり引き上げられたように大きく胸を喘《あえ》がせ、苦し気に周囲を見回した。

「……さっ、魚はっ？　あの子……」

いつものルームだ。目の前に突っ立ち呆気《あっけ》に取られた顔をしているのは、魚でも少年の自分でもなく、満安だった。

「ちょっと……え、玖月さん、嘘でしょ。グラスでもないのに溺《おぼ》れないでください。あれじゃないすか、睡眠時なんたらってやつ……」

「SAS、睡眠時無呼吸症候群だ。星陽、今それどころじゃないっ！」

モニターの島で延本が叫ぶ。

窓の外は夜だ。まだ時間は早い。今日は昼のシフトを手伝った玖月は、二人に任せて二時間ほどの仮眠についたところだった。

ただならぬ緊張感に、デスクへ急ぎながら問う。

「なにがあった？」

「十六番の部屋に客が来たんです」

「客？　べつに客ぐらい……」

しかし、これまで戸明の部屋に来客はなかった。自分のデスクに戻るのももどかしく、延本のモニターを背後から覗き、玖月はそのまま足を止めた。

戸明の部屋にいるのは、老人だった。

羽織《はおり》に長着《ながぎ》、左手に杖《つえ》。目を引く姿は和装だからではなく、独特の纏《まと》ったオーラが一目で一般社会に馴染まない男とわかるからだ。

「游崎《ゆうざき》組の元組長、游崎一《はじめ》だ」

延本はポップアップさせた照会画面を、顎《あご》で示しながら言った。前科もさることながら、現在も組織犯罪対策部のマークしている要注意人物のリストから外れてはいない。現役に等しい影響力のあるヤクザ者ということだ。

「なにしにきたんだ。コイツはなにをしてるっ？」

モニターににじり寄ったところで、カメラのアングルは変わりはしない。男はリビングの水槽の前に、戸明と並んで立っていた。

「水槽を見てる。入って来たときからずっとだ。招かざる客って感じだったが、知り合いだな。家に普通に入れた。游崎に『預けたものを見せろ』って言われてな」

「預けたもの？」

こちらを仰いだ延本と目が合う。

「録画を見るか？　大した会話はしてないが」

「いえ、それは後で」

「もしかして、ジイサン普通に魚を見にきただけとか？　だってそんな感じじゃないです？　いかにも金持ちって感じの立派な水槽だし」

張り詰めた空気の中でも、満安はどこまでものん気だ。

疑惑の弁護士の元を、反社会勢力の人間が訪ねてきたというだけで、すでに看過《かんか》しがたい事態だった。

「満安、目線だ」

玖月は静かに言った。

杖に体重を預け、前屈《かが》みになった男は水槽を見ているが、魚を目で追ってはいない。色とりどりの美しい熱帯魚には目をくれることなく、じっと一点を見ている。

「そもそも……このデケエのは、本当に水槽なのか？」

延本の漏らした疑問に、満安が反応した。

「はっ、なに言ってんすか。魚いっぱい泳いでるじゃないですか。毎日エサもやってるし、ホロでもないし、どっからどう見ても本物の魚ですよ？」

「上のほうちょろちょろしてんのはな。下はどうだ？　表面じゃなく、中は？　こんだけデカいと、隅から隅までただの水槽とは限らないんじゃねぇのか？　思い出してみろ、十六番の容疑はなんだ？」

「えっと、ポットの肥料の製造……」

単なる違法薬物の所持ではない。栽培の容易なポットスプラウトの薬効を高める肥料、麻薬密売組織の強力な資金源に関わる疑いだ。

玖月は、開きたがらない口を抉《こ》じ開けた。

「ポットスプラウトには液体の肥料もある」

「えっ、コイツがその製造機だって言うんですか⁉」

もうなにも言いたくはなかった。

今までも家電にカモフラージュしていた例はある。可能性がゼロではない以上、監視員である玖月にそれを否定することはできない。

「消えるかもしんねぇな、ゼロポイント」

延本の呟き。残念そうな響きでなければ、きっと沈黙したままでいられた。

玖月は言った。

「まだ水槽を見にきたってだけですよ」

「しかし、依頼の組対《そたい》に報告しないわけにはいかねぇ。まず監視期間の延長申請は免《まぬが》れないだろうな」

「水槽が違法なものだったとしても、なにも知らずに預かっただけの可能性も」

「それはちと無理があるんじゃないか。ただのオブジェじゃねぇってんなら……」

「まだ、この男と十六番の関係すらわかってない。それを調べないことにはっ！」

自分らしくもない。

食い下がる玖月に、傍らの満安すら唖然としている。

延本は息を一つついてから言った。

「リーダー、それを捜査するのはうちの仕事じゃねぇよ？」


水彩調のタッチで描かれた海は、アクアブルーだ。花畑のように色彩豊かなサンゴやイソギンチャクの海底。身を潜《ひそ》めたカクレクマノミは、オレンジにペンキみたいな白帯の体色《たいしょく》が目を引く。

小さく『16』と尾びれにペイントの施されたクマノミの引き出しを、戸明はそっと開けた。

今日は十二月十六日。中にはポップなカラーのキャンディが入っていた。

「すみません、クリスマスまでもう間もないしやめたほうがって言ったんですけど。珍しいからって」

背後の戸口で女性の声がした。

ホワイトフォリス法律事務所の執務室で、キャビネットに飾ったアドベントカレンダーから、戸明は菓子を取り出したところだった。

申し訳なさそうに声をかけてきたのは、新婚旅行から戻ったばかりの秘書の小南《こなみ》だ。

「いや、遡《さかのぼ》って楽しめばいいだけだし。マリンモチーフは確かに珍しいよ」

北半球のクリスマスは海の季節ではない。アドベントカレンダーは、伊塚《いづか》が選んだという土産の一つだ。「君も食べる?」とキャンディを差し出せば、彼女は恐縮しつつも「いただきます」と入室した。

もしや菓子を減らす義務を感じているのかもしれない。受け取った時点で、すでに十二月も半分を過ぎている。

「この部屋は乾燥しやすくて、喉《のど》も痛くなるから甘いものは助かるよ」

窓辺へ歩みながらラズベリー色の飴《あめ》を口に入れると、気遣いの細やかな小南はすかさず包みを受け取ろうとする。

「いいよ、自分で。なんだか懐かしい味がするね。子供の頃、母が作ってくれたデザートはガツンとくる甘さだったんだ」

「手作りのお菓子ですか、いいですね」

「父は嫌がってたけどね。海外生活の長い母だったからかな、色もカラフルで、ケーキもマリンカラー……でも、癖になる味で僕は好きだった」

珍しく思い出話をしてしまった。会う機会も今はない母親だ。

戸明は決まりも悪く笑い、仕立てよく体に沿ったスーツのジャケットのポケットへ包みを押し込んだ。

午後の街並みを一望する。日差しに包まれた街の上を、ぽっかりと浮かんだ雲の落とした影が、魚影《ぎょえい》のようにゆったり流れゆくのが見て取れる。

「先生、最近なにか良いことがありましたか？」

横顔を見つめる小南が言った。

「え、どうして？」

「なんだか表情が柔らかくなられたっていうか」

「僕はいつもそんなに怖い顔を？」

「いえっ、お疲れのことが多かったので。本当に悪い意味ではないんです」

戸明は自然と微笑み返した。

「わかってるよ。いつも心配してくれて、ありがとう。はは、むしろ嫌なことがあったばかりっていうか、昨日は散々だったんだけどね」

父の尻拭《しりぬぐ》いの災難は、忘れた頃にやってくる。

帰宅早々、自宅に押しかけてきた游崎は、『近くを通りかかってねぇ』なんて言ったが絶対に嘘だ。去り際も『ひとまず無事で安心したが、また来る』と脅迫紛《まが》いに告げられ、悪夢にうなされそうだった。

「先生、大丈夫ですか？」

「ああ、ごめん、悪いことだけじゃないよ。最近は良いこともあってね」

優しい秘書を安心させるべく続ける。

嘘ではない。その証拠に、口にした途端に頬が熱くなった気がして、戸明はさりげなく街並みへ顔を戻した。

——この景色のどこかに、彼がいる。

以前は想像できなかった昼間の玖月が、今は明確な輪郭《りんかく》を持って思い起こせる。夜の印象は拭《ぬぐ》いきれないけれど。

——何度か会えれば変わるだろうか。

小南が前室の秘書室へ戻ると、デスクについた戸明は左腕の時計にそっと触れた。

何度確認しても、返信は届いていない。

昨夜、玖月にメッセージを送った。急に来週の予定が変わり、玖月の希望の月曜には会えなくなってしまったからだ。

なにか拘《こだわ》る理由がありそうで、その日になればわかるのかと思っていた。

戸明は、飴が解け終わるまでの束《つか》の間《ま》の休息の後はまた仕事に没頭《ぼっとう》し、玖月からの返信については意識せずにいたものの、夕方になると無反応がまた気になり始めた。

昼夜逆転の生活で、まだ眠っているのかもしれない。けれど、昨夜も返信はなく、メッセージにアクセスした形跡《けいせき》すらないまま。

夜はクライアントとの約束もなかったので、早めに退社することにした。

一人乗り込んだエレベーターの中で、チャコールカラーのコートの上に臙脂《えんじ》のマフラーを巻く。きっちりとワンループ巻きにしたにもかかわらず、エントランスを抜けてビルの表に出れば寒さがきつかった。

鼻腔《びこう》を刺すような冷たい空気は、雪になるのかもしれない。屋外の気温も調整できる時代になったと言っても、所詮《しょせん》はテラスや広場程度の話だ。

——冬は、冬のまま。

葉の一枚も残っていない寒々しい銀杏《いちょう》の脇をすり抜け、歩き出した戸明はすぐ先の交差点でまた足を止めた。赤信号の間にコートの袖《そで》を捲《まく》り、黒いレザーグローブを嵌《は》めた手で時計に触れる。

念のため、通話《コール》しておくことにした。持ち帰りの仕事は、久しぶりにドッグカフェに寄ってやろうと考えていたけれど、会えるとは思えない。

出られないのであれば、ボイスメッセージを残せばいい。ほとんどそのつもりで、ツーコールと待たずに玖月が出たのには驚いた。

『……はい』

「あ……玖月くん？　急にごめん……予定が変わってメッセージを送ったから、一応それだけでも伝えておこうと思って」

雑踏では、音声のみの通話は聞き取りづらい。時計のスマートバンド機能はポップアップを使ったビデオコールが主流ながら、玖月は映像をオフにしていた。顔や背景を見られたくない人の使用しがちなフィルターなども使っていない。

深夜にコールをくれた際もオフだった。就寝間際だからかと深く考えなかったけれど、今もまた。

戸明は、時計を左顎《あご》に押し当てた。

骨伝導《こつでんどう》によるイヤホン機能だ。

『メッセージは今読みました』

「そうなんだ……ごめん、出張が入ってしまって。だから週明けは会えなくなったんだけど、二十四日には戻るから……その、君さえよければ食事でも」

クリスマスイブだ。イブに限定して誘ってでもいるようでにわかに緊張する。

「……玖月くん？」

玖月の反応は鈍《にぶ》かった。

『すみません、来週は会えないかもしれません』

「え、来週はずっとってこと？　あっ、いや……構わないよ。年末で君もいろいろと忙しいだろうし、また改めて……」

がっかりした空気を出さないよう、軽い調子で告げる。交差点はスクランブルの歩行者信号が青へと変わり、勢いよく人が流れ出した。

歩道の端に足を止めたまま、なんとなく人の流れを目で追う戸明は、ハッとなって目を見開かせた。

サイレンが聞こえる。近づく救急車からは、歩行者への警告のアナウンスが響いた。戸明の瞠目《どうもく》は、交差点へ侵入する緊急車両に驚いたからでも、動向に注目したからでもない。

音が聞こえた。

サイレンが、道を開けるよう求めるマイクアナウンスが。目の前の光景からも、左顎に押しつけた腕時計からも。

「君、今どこにいるの？」

近くに彼もいるのだと思った。

「もしかして、近くなんじゃないかな？　救急車のアナウンスが聞こえて……僕の事務所、すぐ傍なんだよ。今、ビルを出たところで……」

期待したのは、偶然の出会いだ。

眼鏡のレンズに街灯の明かりが反射する。落ち着きなく辺りを窺う戸明に、男の声は抑揚《よくよう》もなく返った。

『知ってます』

「え？」

『ホワイトフォリス法律事務所。今、あなたはただの弁護士ではなく、経営者なんですね』

無感情なほどに淡々とした声。事務所名を口にされただけで頭を過《よ》ぎるのは、父親の犯した罪だ。もはやトラウマの域で、後ろ暗いところなど自分にはないはずが、不意に暴《あば》かれたように心臓が飛び跳ねる。

「玖月くん、君……」

調べればすぐにわかる事実だ。当時の記事はネット上にも残り続け、クライアントを裏切った代償を三年経った今も払い続けている。

戸明は呆然と向こう岸を見つめた。

雑踏を掻き分けるようにして救急車が走り去り、交差点の人々も横断しきってしまえば、見通しのよくなった道路の向こうに玖月の姿が見えた。

四つ角のガードパイプに腰を下ろした黒い人影。今日も始まった夜に馴染んだ男は、自分と同じように左顎に手首を押し当て、こっちを見ている。

「君は……一体そこでなにをしてるの?」

『あなたを見ています』

意味がわからない。

ずっとそこにいたのか。偶然ではなく、まるで自分が現れるのを待ってでもいたみたいに。

長い足を持て余すように座った男の、遠目にも険《けわ》しいとわかる眼差し。

『俺はやっぱり、あなたに会うべきではありませんでした』

玖月の言葉は、どこまでも理解できない異国の言語のように戸明の耳には届いた。

「玖月くん、どういう……」

『会ってはいけなかった。あなたの名前を知るべきじゃなかった。名前がわかれば、職場もわかってしまう。事務所の名前も、こうやって所在地も。過去になにがあったかも、関わりのある人物さえ全部』

「なにが言いたいんだ？　こんなっ……こんな詮索をしてまで……」

車が走り出した。

堰《せ》き止められた時間を取り戻すかのように、勢いよく車の列は流れ始め、スピードを上げて過ぎる乗用車の合間にチラつく男の姿は、背の高いトラックに阻まれ見えなくなった。

声だけが聞こえた。

『なにより、あなたを信じてしまうんです。俺はあなたに出会ってしまったから……知りすぎてしまったからです』

鼓膜を震わせることなく聞こえる声。耳の傍から体の深いところを伝って脳へと届く。

「ちょっと……ちょっと待ってくれ、今そっちにっ……」

『仕事のコールが入りました』

「玖月くんっ！　待って、僕はこれからドッグカフェに行くつもりなんだ。待ってるから、君もっ……」

『すみません、また連絡します』

訳もわからないまま追い縋《すが》ろうとした。

じりじりとした思いで前を見据《みす》える。壁となって阻んだ大型トラックの列が走り去り、前のめりになった戸明にクラクションが鳴る。

歩行者信号は赤のままだ。

高速で流れゆくヘッドライトとテールランプの車列。瞬《また》くように合間に覗く向こう岸に、もう玖月の姿はなかった。


足早にエントランスホールを過ぎれば、空気は生温かな風となって体を掠めた。

ブーツの靴裏から伝わる石材の感触。ブルーパールの御影石《みかげいし》の硬さと、ホールに響く微《かす》かな足音。無臭ながら纏《まと》わりつくような重たい空気は、室温が高く感じられる。

玖月は通話《コール》で呼び出しを受け、霞《かすみ》が関《せき》の警視庁本部庁舎にいた。

既視感《きしかん》でいっぱいの本部ながら、実際に来庁したのはいつ以来か。報告や会議の類は、グラスの遠隔《えんかく》招集ですまされ、実際に呼びつけられたことなど数えるほどしかない。

体質に合わない網膜《もうまく》投影のグラスでないのは、正直助かった。五感をフルに使って正しく感じられる世界は、溺れるような息苦しさを覚えることもない。

——現実で違和感があるのは自分のほうか。

一般の来庁者を締め出す奥のセキュリティゲートをクリアし、機械《スキャナー》の承認を受けても、傍《かたわ》らの警備担当の制服警官はモニターとこちらを幾度も交互に見る。

警察手帳は携帯していた。黒いレザーのライダースジャケットの胸ポケット。手帳の似合う格好とは言えず、モニターに顔写真から所属部署まで映し出されてもなお、不審者の疑いをかけられているらしい。

先を急ぐ玖月の顔はいつもの無表情ながら、やや強張《こわば》ってもいた。緊急の呼び出しなど、ネガティブな理由以外考えられない。

身に覚えもある。

戸明の周辺を探らずにはいられなかった。個人的にネットで情報を拾い、事務所の不祥事や父親の人となりを知ったくらいで、早くもペナルティに呼び出されるとは思い難《がた》い。けれど、その理由は、疑うのも職務である警察官として相応《ふさわ》しくはなかった。

調べてしまうのは、無実の裏づけが欲しいからだ。

戸明に会うつもりはなかった。

しかし、職場のビルまで確かめに行ったのがきっかけなら、偶然も必然のようなものだ。抑《おさ》えきれない情動。自分に欠けたものとして羨《うらや》んですらいた、ごく有り触れた人間らしい感情は、想像していたよりもずっと厄介《やっかい》だ。

「玖月です」

エレベーターで上層階に辿り着き、指定された会議室に入る。

「……来たな」

顔を起こした三課課長の仲藤《しんどう》は一人だった。突っ立ったまま、テーブル上のタブレットを操作しており、いつにない緊張感が漲《みなぎ》る。

普段の胡散臭《うさんくさ》い笑みが、男の顔から消えていた。

「事実関係の確認に来てもらった。すぐ全員揃う」

「全員って、俺だけじゃないんですか？　ほかに誰が……なにがあったんです？」

仲藤は質問には答えず、部屋の照度《しょうど》を落とした。中央のテーブルはプロジェクターの機能も備えており、操作一つで指定のものを立体投影することができる。

「ここがどこだかわかるか？」

現物を縮小したかのように、テーブルに浮かび上がったもの。

「……いえ」

顔色一つ変えず否定したのち、まったく知らないと言うのも不自然であると考えを改める。

「しかし、見覚えはあります。正確な住所まではわかりませんが、俺のチームのルームから見えるビルです。おそらく、マンションかと」

時計塔だ。玖月が勝手に頭の中でそう呼んでいる、ガラスのキューブを積み上げたような特徴的なマンションが、箱庭の建造物のごとくテーブルに聳えている。

「そうだ、おまえのチームの監視対象者の一人はこのマンションに住んでいる。昨日、おまえが組対に報告を入れた、ナンバー41304225……ああ、おまえのルームでのナンバリングは十六番か」

玖月は眉すら動かそうとしなかった。タブレットの資料を覗き込む、紺色のスーツに身を包んだキャリア組の若き課長を、ただじっと見据《みす》える。

時計塔に戸明の部屋があるのは、とうに気がついていた。あの部屋は、二階建ての戸建《こだ》てのようだが、実際はメゾネットタイプのマンションの一室だ。

六十日近くも見ていればわかる。早い段階で持ち帰りの書類から職業が弁護士であると察したように、情報は画面の中に常に溢れている。

部屋の窓から、ルームの入ったビルが真正面に見えた。

高さからして部屋は五十階あたり。

「このマンションがどうかしたんですか?」

「この男はわかるか?」

質問はまたも黙殺《もくさつ》され、仲藤はタブレットに触れる。

マンションの隣に胸像《きょうぞう》のように映し出されたのは、角《かく》ばった顔の髭《ひげ》の男だ。三十代半《なか》ばくらい。生《は》やしっぱなしの無精髭《ぶしょうひげ》ではない。よすぎるガタイや風貌《ふうぼう》からして、一般の会社員などではないだろう。

「いえ、初めて見る顔です」

「ナンバー4130４225だ」

「え？」

「十六番になるはずだった男だ。おまえたちが監視し続けてきたのは、対象の被疑者ではない」

一瞬、理解が及ばなかった。

上面《うわつら》の笑みを捨てた男の声音は、玖月の口調を真似たかのように平坦だ。冷静というよりも、嵐の前の静けさのように不穏に響く。

「……じゃあ、誰だって言うんです」

「誰でもない。我々が関わるはずのない……」

入室を求めるチャイムがポンとなった。

「二係、邑山《むらやま》です」

現れた男に驚く。直接的に監視捜査に当たらず、カメラの設置や回収を主な仕事とする二係はミーティングにも滅多《めった》に姿を現さない。

しかし、二係なくしては捜査に着手することもできない、一係とは不離一体《ふりいったい》の存在だ。

「課長、この度《たび》は大変申し訳ありません！」

課長と変わらない三十を過ぎたばかりの同年代の男ながら、完全に畏縮《いしゅく》しきっていた。元々小柄な身をさらに小さくして、今にも床にひれ伏してしまいそうな有様《ありさま》だ。

「田仲《たなか》係長……」

続いて入ってきた男たちに、玖月は呟きを漏らした。一係、二係と係長も揃い踏みで、集まった面々が道を開けるようにして最後に迎え入れた初老の男の姿に、組織を揺るがす一大事であるのを理解した。

「不二川《ふじかわ》所長、こちらに」

課長の薄笑いも消えて当然だ。

苦み走った顔で現れたのは、捜査支援分析センターのトップである所長だ。

「邑山くん、状況の説明を。何故、このような間違いが起こったのか、我々に理解できるようにだ」

畏縮しきった邑山は右手と右足が同時に出そうな歩みだったが、テーブルの前に立つとマンションの立体投影を指した。

「はい、ミスの発端《ほったん》はこのマンションの特殊構造にあります」

歪《いびつ》な螺旋《らせん》のような形を描くガラスキューブのシルエットを、指先で辿る。

「八十五階に相当する高さのマンションですが、階という概念が存在しません。エレベーターの停止位置は決まってますけど、内部は螺旋状のスロープ構造でバリアフリーになっています。部屋番号は一から五百十までの連続した数字、設計者はドメニコ・ガレッティ、イタリア人でした」

「イタリア人だったらどうだと言うんだ？」

所長が自《みずか》ら問い質《ただ》した。

「い、忌《い》み数です。イタリアでは十七を嫌い、建物から飛行機の座席まで、未だに排除する習慣が残っています。しかし、日本では馴染みのない忌み数で……このマンションには十七のつく部屋番号が存在しません。被疑者の部屋番号は３１８号室、玖月さんのチームが監視していたのは３１９号室。『３１７』の抜けに気づかず……」

「ようするに、カメラを入れる部屋を間違えたと？」

信じられない思いだった。

玖月は言葉にしながらも、現状を受け止めきれずにいた。

「ありえますか、そんなこと？」

「玖月、しかし実際……」

もっとも年配ながら、温厚《おんこう》な一係の係長である田仲が口を挟んだ。宥《なだ》めようという試《こころ》みにも、玖月は反応できない。

「誰ですか、こいつ。こんな男は一度も見ていない……そうだ写真がっ、俺は資料で顔写真も受け取っていました」

「それは、カメラを入れた際に二係が試し撮りしたものだ。確認が足りてなかった」

「……いや、足りてないって……ありえないでしょ、どう考えても。俺が六十日近く見ていたのは被疑者じゃないってことですよ？　なんの罪もない人を監視してたってことになるんですよっ？　間違いですまされますかっ⁉」

仲藤が同調するように頷いた。

「おまえの言うとおりだ。どんな理由があろうと、監視捜査にミスは許されない。今はポット法で秘撮《ひさつ》が合法化されてるが、必要性は絶えず議論の的だ。一つのミスが三課の解体に繋がらないとも……」

「組織の話なんて、俺はしていませんっ！　平気ですか、四六時中監視されても？　俺は平気でいられませんよ。そんな目に……疑う必要のない人をっ……」

邑山は蒼白な顔で立ち尽くしていた。

人は完全ではない。過《あやま》ちを犯す。

しかし、女性の被疑者の監視を強引に男性チームに任せたりと、三課は絶えず綱渡りをしてきた。

ミス一つの問題ではない。構造の生んだ歪《ゆが》み、起こるべくして起こったことだ。

「落ち着け、玖月。おまえらしくもない」

所長が口を開いた。直接話す機会はほぼなくとも、監視員については聞き及んでいるらしい。

機を逃すまいとでもいうように、仲藤は乗じる。

「だからこうして我々は対処を考えるために集まってるんだ。それに、監視は四六時中ではない。昼の職場は正しくカメラが入っていた。この男の仕事は、イベントプロモーターだ」

テーブルの虚像《きょぞう》の男から、こちらへ視線を移し言った。

「誤った人間を監視していたのは、おまえのチームだけだ、玖月」


満ちゆく月は、西のビル群の向こうへ今にも消えようとしていた。

深夜に沈む上弦《じょうげん》の月。

夜空を仰ぐこともなく路地に立ち止まった玖月は、ドッグカフェの前に佇《たたず》むコート姿の人影を見据《みす》える。白い息を吐きながらも、どこへも立ち去ることなくウッドデッキの端へ腰かけた男の横顔。

目に焼きつけるように、じっと見つめた。

戸明がこちらに気づき、玖月は『あっ』となった男の元へ、そのまま瞬《まばた》きもせず歩み寄った。

「俺が来なかったら、どうするつもりだったんですか？　一晩中、ここにいるつもりですか」

「あんなこと言われたら、気になって帰れないよ。まだ仕事かと思ってたけど……」

立ち上がった戸明の肩越しに、玖月は明かりの落ちた店を目にした。

犬たちも眠りについたに違いない店内。思い返したのは、客を誘うように路地まで伸びたあの日の明かりだ。

光に照らされ、戸明はちょうどこの位置に立っていた。

「あの晩、戸明さんをここで見かけました」

「え？」

「この辺りに立って、あなたは店の様子を窺ってた。俺は、『そんなに犬が好きなのか』って思いました」

言葉を選びながらも淀《よど》みなく告げる。

そのつもりで、ここへ来た。

「俺があなたに声をかけたのは、ドッグカフェに入りたかったからじゃありません。あなたが、書斎で犬の写真を見つめて泣いていた理由が気になったからです。ゴールデンレトリバーでした」

戸明の反応は、幾度か目を瞬《しばたた》かせただけだった。薄く開かれた唇から零れる白い息がすっと途切れる。

話を飲み込めているとは到底思えない男に、玖月は告げた。

「俺の話を聞いてもらえますか？　俺はあなたに、謝らなければならないことがあります」

ただでさえ空《す》いたレストランの奥の席は、ＢＧＭさえ届いていないかのように静かだった。路地で話すのに適した気温とは言えず、場所を移動した。

玖月にとってはいつものレストランだ。二十四時間営業の店は、取り立ててメニューに特徴もない代わりに、朝も夜も、街が眠りにつく深夜であっても客を迎える。

どんな訳あり客がこようとも。

窓際の四人掛けのテーブルに、注文したコーヒーは冷めゆくまま置き物のように鎮座《ちんざ》していた。

「……第三捜査支援課」

ぽつりと零した戸明は、玖月の出した警察手帳を見つめる。

馴染まない制服姿の写真には、『巡査部長』と階級しか書かれていない。スキャナーがなければ、所属の部署や監視員であることまで知れはしないが、玖月が自ら語った。

すべてを説明した。

本当は警察官であること。自身が監視を専門とする部署にいて、監視員であること。捜査の初動でミスがあり、戸明の部屋にはカメラが設置されていることも。

開き見せた警察手帳は、テーブルの上に置かれたままだ。戸明は触れようとしない。触れてしまえば、まるでそれが現実のものと化してしまうとでもいうように。

テーブルの上の冷えたカップも警察手帳も、投影の幻ではない。

「戸明さん」

視線を落としたまま硬直した男は、呼びかけにも応じない。

「ソラスズメダイ」

魚の名に、ハーフリムの眼鏡越しの眸が微かに揺らいだ。

「イエローコリス、アカネハナゴイ、アラビアンエンゼル、カクレクマノミ、シマヤッコ……」

玖月は淡々と魚の名前を口にした。アクアリウムの話をしても、飼育中の魚の種類までは戸明は語ってはいない。

「リビングの大きな水槽の魚……種類は最初の頃に調べました。あなたはいつも驚くほど時間に正確で、あまりにきちんとしてるから正直ロボットみたいだと思ったくらいで……でも、魚を見るときの目は優しかった。それから、いつも働きすぎです。餌《えさ》の時間が終わったら手摺《てすり》のない階段を上って二階へ行く。せっかくの広い家なのに書斎に籠ってばかりで……」

当たり障《さわ》りのない、けれどカメラ越しでしか知り得ない事実。

「ポット法のことは僕も知ってる」

不意に戸明が口を挟んだ。

「昔、ポットスプラウトが出回り始めた頃に、人がたくさん亡くなったのも。僕はまだ小学生だったたと思うけど、毎日そのニュースが流れてたから覚えてる」

薬物乱用者による凶悪事件。時間も場所も問わず、街中で連日起こった殺傷事件は薬物を使ったテロではないかとまで言われた。

「でも、今もそれほど法が運用されているとは知らなかった。監視専門の部署が、警視庁にできていたのも」

「組織図には普通に上がっています。でも批判を浴びないよう、目立つ活動は避けてますから。日陰部署とも言われてるくらいで」

「……正直、実感がない。信じられないんだ。部屋には違和感もなくて……でも、君の妄想でも冗談でもないんだろう?」

「はい」

「カメラはどこに?」

戸明は顔を起こした。

真っすぐにその目を見返し、玖月は答える。

「リビングに二台」

「二台も……」

「キッチン、パントリー、バスルーム、洗面室、玄関から廊下にかけて……シューズルームにそれぞれ一台」

紙のように白く、血の気を失っていく顔。言葉を改めようにも、この期《ご》に及んで気休めの嘘は言えない。

「二階もウォークインクローゼットを含め、死角になりそうな場所はすべてあると思ってください」

「書斎や……し、寝室も?」

「……寝室は二台です。薬が使われることの多い場所ですから」

「ぼ、僕はなにもやってないっ！　疚しいことなんてなにもっ……」

動揺は、堰《せき》を切ったように戸明の口から言葉となって溢れた。

「わかっています。だから、俺は……俺はあなたに話そうと決めたんです」

「でも君はっ……ずっと見ていたんだろう?　僕を疑って、僕を毎日……家の中を、僕の生活を全部っ……」

「そうです。『被疑者』として監視していました」

そこに私情はない。あくまで容疑の証拠を押さえるため、職務として監視していたに過ぎないと語調に込めるも無意味だ。

救いにもならない。実際、私情が一片《いっぺん》も入らなかったとは、もはや言い切れない。

「……さっき、何日って言ったかな」

「五十六日間です」

絶望としか表現できない表情が、戸明の顔に貼りつく。

どこまでも皮肉だ。無実であるほどに監視期間は延び、さらには匿名性《とくめい》を保とうとするがゆえにミスは起こった。

マンションの特異な作りは、原因の一つに過ぎない。名前や住所、職業などの基礎データを共有さえしていれば起こり得なかったケアレスミス。世間の批判を免《まぬが》れるために歪《ゆが》んだ体制の欠陥《けっかん》が根底にはある。

「もしも……戸明さんが本当の被疑者だったら、すぐに証拠を押さえて監視体制は終わっていたと思います。なにも出ず、ずっと見続けることに……すみません」

「出るわけがない。僕はポットスプラウトなんて、目にしたことも……」

戸明は再び沈みかけた顔を、ハッと起こした。

「君が言ってたのは？　夕方、変なことを言っていただろう？　父のことで、なにか疑うようなことが？」

「それは……来客があったからです。游崎組の元組長、游崎一。ポットとの繋がりかもしれないと報告したのが、ミスが発覚したきっかけでした」

「また父のせいで……いや、この場合、あの人のおかげで間違いが正されたことになるのかな」

「游崎は何故あなたの元を？　預かりものって……あ、いや違法なものでないなら、たとえ游崎がヤクザ者でも話す必要は」

「そうだね、ヤドカリは罪には問えないだろうね」

店に入ってから、初めて戸明の表情が緩《ゆる》んだ。

ふっと零れるような笑い。こんなシニカルな表情は初めて目にする。

「預かってるのは、ベニサンゴヤドカリだよ。臆病でいつも隠れてるから、カメラからは見えなかったのかな」

「ヤドカリ……」

「生息数も少なくて希少《きしょう》なヤドカリなんだけどね。今時本物の水槽をありがたがるのはマニアくらいだから……家族に見つかったら捨てられるって、うちの父に預けたんだよ」

「じゃあ、游崎と戸明さんのお父さんの関係ってのは」

「銀座で出会ったそうだけど、趣味がきっかけで意気投合したんだろうね。でも、飽きっぽい父はもう僕に任せっきりだし、あの人のヤドカリも。正直、困ってる。死なせてしまうのも怖いし、游崎さんは立場的に僕も関わるべき相手ではないから……」

関わりたくないのはよくわかる。

実際、ただ一度部屋に訪ねてきたのを見られただけでこの有様だ。

「戸明さん、申し訳ありません」

ひたすらに詫《わ》び、頭を下げるしかない。

「いいよ……とは軽く言えないけど、そもそもどうして君が謝るんだ？　捜査でミスがあったのなら、君だけでなく、上の人間も揃って説明にくるべきじゃないのか？」

「いつになるかわかりません」

「え？」

「早ければ数日、遅ければ数ヵ月後……もしかするともっと。事実関係の調査に時間がかかって……というのは表向きで、事が大きすぎて結論を出せずにいるんです」

組織は大きくなるほど鈍重《どんじゅう》になる。正しいことが、正しく行えなくなってくる。幸いスピード解決こそが信頼低下を最小限に抑える手段だと、係長らは訴えてくれているが、上がどう動くかはわからない。

「その間、カメラは回収されても、データは消されることがありません。本部のサーバーには、監視室から自動で送られる膨大《ぼうだい》な録画データが残ってます。証拠採用されなければ通常誰の目にも触れることなく、捜査の終了と同時に消去されるデータですが、戸明さんの部屋のものは……謝罪がすむまでそのままです。あなたに連絡もせずにデータを消すのは、公《おおやけ》になったときに隠《いん》ぺいに当たると受け取られかねないという考えです」

被害に遭った側からすれば一刻も早く消去されるに限る。謝罪がすむまで保存するなど本末転倒にもかかわらず、上は体制の維持《いじ》に躍起《やっき》だ。

「そんな……どうすれば……ただ黙って待ってるしかないのか？」

戸明に打ち明けると決めた第一の理由だ。

玖月は自然と身を乗り出した。

「カメラを見つけてください。あなたから告発すれば事態は急転するはずです」

「見つけるって……二ミリのドローンカメラなんだろう?」

「詳しい位置を俺が教えます。実は、さっきもうルームで……監視室でリストに起こしてきました。後で送ります。位置さえわかれば、目視《もくし》でも探すことは不可能ではないはずです。ルーペくらいはいるかもしれませんけど」

戸明は懸命に状況を把握しようとしているようで、忙《せわ》しなく目を瞬かせる。

「で、でも、そんなリストをもらったら、君から漏れたとわかってしまうんじゃないのか?」

「構いません。俺にはデータを消す権限も、組織を動かす力もありませんが、それくらいならできます」

「玖月くん……」

「本当に申し訳ありませんでした」

組織を動かせないなら、自分が動くまでだ。それが、奈落に転がり落ちる結果であっても、行動することはできる。

覚悟は決めてきていた。

——すべてを失う覚悟を。

玖月は今まさに、失くそうとしているものを見つめた。

「忘れますから」

「え……」

「ルームで見たあなたのことは、俺もすべて忘れます」

「そんなこと……都合よくできるわけがないだろう」

「時間は……少しかかるかもしれませんけど、約束します」

戸惑う男の眼差しが自分を捉《とら》える。レンズ越しの眸をこんなときでも綺麗だと感じてしまうくらいに、いつからか戸明が特別になっていた。

どこにいても。街中でも、レストランのテーブル越しでも。

モニターの画面の中にいてさえ。

「君は、最初から……僕を騙《だま》すつもりで、僕を調べるために近づいたのか?」

「俺の仕事は監視員です。監視を請《う》け負うだけで、通常の捜査はしません。被疑者と接触することもありえません。本来は、任務完了まで名前さえ知らないままです。犯罪者だからと言って、著《いちじる》しく人権を侵害《しんがい》していいわけではありませんから」

泳ぎ出すように、視線を窓辺に向けた。

歩道に面したレストラン。行き交う人影もない道沿いの植樹《しょくじゅ》には、光の少ない安っぽくも雑なイルミネーションが灯っている。

「あの晩会ったのは本当に偶然でした」

ドッグカフェの通りを思い出した。

「……その後は?」

戸明の静かな問い。玖月は言葉に詰まった。

一瞬の沈黙に、戸明は答えを読み取ったように、あるいは最初からもう知っていたかのように応える。

「そうか……僕がそうさせたのか。君はそういえば、いつも察しがよかったね。なんでも気がついてくれて、僕が欲しい言葉も……僕が会いたいときにも現れた」

「……俺は鈍《にぶ》いくらいで、そんなに察しのいい男じゃありません」

「あれは全部、カメラで見ていたからなのか?」

「そうです」

嘘はもう言わないと決めていた。

心の内さえも。

「でも、あなたに会ったのは、俺が会いたいと望んだからです。少なくとも、いつからか……今もそうです」

「でも、会うべきじゃなかったと思ってるんだろう? それとも、監視は間違いだったとわかって、気でも変わったのか?」

強張《こわば》る男の声に強い警戒を感じた。透明な鎧《よろい》でも被ったかのような声は、戸明の両目にかかったレンズにも通じるものがある。

自分がそうさせた。

もう二度と外れることはないだろうと思うと、ただ道を誤《あやま》ったとしか考えられない。

「いえ、会うべきではありませんでした。すみません」

答える玖月は、皮肉にも警察手帳の写真と同じ、硬い顔をしていた。

「……だから、君は忘れると」

ふらりと戸明は窓辺に眼差しを送る。

瞬《まばた》きもしない、ぽつりぽつりと樹木に灯った光を見る。

「そういえば、時々覗くインテリアショップに、前から気になってたクリスマスツリーがあったんだ」

「え……ツリー？」

訳もわからず玖月は問い返した。

「うん、アンティークのツリーでね。近くを通りかかる度《たび》に気になって、売れてしまってたら寂しいなって思うほどで……でも、僕は一人暮らしだから。僕以外に誰も見ないツリーを買うのは贅沢《ぜいたく》だって、ずっとそう思ってた。だから、思い切って買えたのは嬉しかったよ」

「あ……」

「君と一緒に見るのを楽しみにしていたんだけど、その必要はないね」

呆然となる玖月を導くように、戸明は告げた。

「だって、君はもう見ていたんだから」

退社前に執務室に声をかけてきた小南《こなみ》は、思い当たったように言った。

「先生、そういえば今日はクリーニングはよろしかったんですか？」

デスクでパソコンに向かう戸明《とあけ》は、心ここにあらずな顔を戸口の彼女に向ける。

「ああ……大丈夫だよ、ホテルで出したから。ごめん、言っておくんだったね」

「ホテル？　出張先のですか？」

大阪への出張は、三泊四日の予定を一日早く切り上げ、昨夜《ゆうべ》戻ったばかりだ。出席したパーティで着用したスーツもあったため、クリーニングの手配を心配してくれたのだろう。

「いや、今ちょっとホテル暮らしをしててね。あー……マンションで水漏れがあったんだ。修理で部屋を空けることになって」

「えっ、先生のマンションでも水漏れなんて起こるんですか⁉」

小南は信じられないといった表情だ。

各部屋から共用部に至るまで、最新の設備の備わったマンションで、昔の建物のような配管トラブルと言われても戸惑うに決まっている。そもそも、クリーニングもマンション内のサービスですむものを、手厚い秘書のサポートに甘えている現状だ。

戸明は苦笑いで繕《つくろ》った。

「まぁ、どんなシステムにも不具合は起こるものだよ。人間が作ったものだからね。ホテル暮らしも、たまには気分転換になっていい」

水漏れは事実に反するけれど、住み心地のトラブルには違いない。セキュリティも最新のはずのマンションは、あろうことか部屋に十二台もの盗撮カメラの侵入を許していた。

そのまま生活する気にはなれず、部屋を出たのは玖月《くづき》から話を聞いた翌朝だ。

カメラの機能はすでに停止していると言われても、無理だった。右手と右足が同時に出そうなほどの緊張感を強《し》いられ、ホテル暮らしに至った。

「なにか不自由があったらおっしゃってください」

「ああ、ありがとう。そうさせてもらうよ」

戸明は努《つと》めて穏やかに微笑《ほほえ》みかける。小南は「お先に失礼します」といつものように挨拶《あいさつ》をし、去り際に添えた。

「先生、良いクリスマスを」

にこりと笑まれ、一瞬頭が回らなかった。普段よりドレスアップしたホワイトカラーのコート姿の彼女が消えてから、やっと思い当たった。

「そっか……今日、イブだ」

部屋にはほとんど戻っていない。リビングに飾ったクリスマスツリーもゆっくり眺めることはなく、街中やホテルのツリーの輝きはあまりに景色に馴染みすぎていた。

それどころではなかったのもある。一昨日《おととい》、警察から連絡があった。

出張をどうにか一日早めて切り上げ、戻った足で訪ねた警視庁内の一室で、捜査支援分析センターの所長以下数名の説明と謝罪を受けた。

玖月に知らされてから七日目。思ったよりも早かったと言える。

内容はほぼ教えられていたとおりで、動揺が小さくすんだのは救いだ。『さすがは弁護士の先生です。ご理解が早く助かります』なんて、落ち着き払っていると勘違いをされたようでもあったけれど。

話は飲み込めても、理解を示したつもりはない。

慰謝料を支払う用意があると言われ、金銭の問題ではないと強く思った。けれど、損害賠償請求となれば被害は結局は金銭での評価となり、裁判で揉《も》めるほど心労は嵩《かさ》む。

こんな形で、速《すみ》やかに和解に応じる原告《げんこく》の気持ちを実感するとはだ。

再発防止の対策など、今後も開示《かいじ》を求めていくつもりながら、なにより欲しているのは元の穏やかな生活だ。誰もが当たり前に守られるべきプライバシー。

カメラは週末に回収されることになった。入るときはどこからかこそこそと侵入してきた羽虫のようなカメラは、立会いの下《もと》、一部屋ごとに特殊な検知器を使ってまで撤去《てっきょ》の証明をしていくらしい。

証明されれば、本当に家に安心して戻れるようになるのか。

戸明の指先は、気を落ち着かせようとでもするように無意識に時計の長方形のベゼルに触れた。玖月から送られてきたリストは、結局利用しないままだった。

カメラは探さなかった。気力が湧かなかったのもある。それ以上に、玖月を不利な立場に追い込むのがわかっていて、行動に移すことなどできなかった。

――彼が悪いわけではない。

改めて説明を受けても、詳しい経緯《けいい》を聞かされるほど彼の部署にとっては不可抗力に思えた。

玖月は職務をまっとうしたに過ぎず、好奇心で他人の生活を覗き見たわけでも、悪感情があったわけでもない。キャリアの長さからしても、違法行為以外の暮らしぶりにはもはや目もくれないでいられるのだろう。

頭ではわかっていても、耐え難《がた》い気分になる。

『会うべきではありませんでした』

そのとおりだ。

警察官と被疑者《ひぎしゃ》でも。警察官とそれ以外であっても、個人的に関わるべきではなかった。

知らない誰かであれば、これほどの動揺はなかった。空虚感も味わわずにすんだだろう。

――もう会うこともない。

これから『知らない誰か』に戻っていけばいい。

思い切ろうとする戸明のついた溜め息は、少し震えた。

このまま残っていても、今夜は仕事になりそうもない。

パソコンの電源を落とし、のろのろと帰り支度を始める。ロッカーのコートも纏《まと》い、身支度を整えて執務室を出ると、普段よりもフロアは残っている者が少なく感じられた。

クリスマスイブだ。

「所長、おつかれさまです。お先に失礼します」

「おつかれさまです」

声をかけてきた数人と挨拶を交わしながら、事務所を後にする。気のつく秘書以外からは、クリスマスに触れられることもなく、エレベーターホールへと出た。

街はいつもと変わりない。

特別冷え込んでもいない夜は、ホワイトクリスマスとはいかないものの、ふと誘われたように宙を仰《あお》げば月が出ていた。

真円《しんえん》の月だ。

高層ビルの谷間を渡るように行く満月は、まださほど高度も高くないため、やや赤みがかって見える。交差点で足を止めた戸明が歩き出せば、当たり前のようについてきた。

人工的な街の明かりは、歩みに連れて失われる。次々と乗り換えるかのように、戸明を照らす光は変わっても、月だけはどこまでも変わらず頭上にいる。

立ち並ぶビルに阻《はば》まれようと、家路とは違う道に逸《そ》れようとも。諦めることなく、まるで自身と一対《つい》であるかのように夜空にぽっかりと浮かぶ。

自分の中にいつの間にか住みつき、存在し続ける思いのようだ。どこへ行っても離れず、形のないものは追い払うことさえできない。

「おかえりなさいませ、戸明様」

ホテルに帰りつくと、ホテルマンが出迎える。恭《うやうや》しさは仰々《ぎょうぎょう》しくもあるけれど、非日常の演出にはこれくらい必要なのだろう。クラシカルな内装のロビーには、シックなオータムカラーのツリーが飾られ、豪華でありながらしっとりとした空間を醸《かも》し出している。

戸明は傍《かたわ》らを思わず足早に過《よ》ぎった。

上昇を感じさせないエレベーターは、丁重に上層階へと運んでくれる。足音さえも厚いカーペットが吸い取る静かなフロア。部屋に辿り着き、扉を閉じてしまえば、そこには完璧な静けさが待ち受ける。

マンションほどの広さはなくとも、三十平米ほどの部屋は寝室には充分すぎるくらいだ。気密性の高い密室に風はそよとも吹かず、なにも入り込む余地はない。

——安全だ。

なのに、少しも安らぎはしない。隙なく完全であればあるほど、孤独も際立つ。

あの熱っぽい声を思い出す。

『今度は戸明さんの部屋に遊びに行ってもいいですか?』

「……嘘つき」

履行《りこう》されることのなかった約束。戸明はようやく詰《なじ》れたとでも言うように、ぽつりと呟きを零《こぼ》した。

「最初から、嘘ばっかりじゃないか……」

そういえば、最初に言っていた。

声をかけたのは、犬の写真を見つめて泣いていた理由が気になったからだと。

『みんなそんなものですよ』

玖月のあの言葉に救われたのは事実だ。

嘘だったとは思えない。

実際、そうした姿を、玖月はカメラ越しに目にしてきたのだろう。だからこそ、自分自身はそうではないと、平坦でぺたんとしてるなんて自嘲的なことも言ったに違いない。

戸明は立ち尽くし、美しい部屋を見つめた。

昼の内に清掃も入り、ベッドメイキングからテーブルの備品の配置まで美しく整えられた室内。今ここであの晩のように自分が突然泣き出したとしても、誰も目にすることも気に留めることもなく、涙は湿度の低い部屋の中で乾き切るだけだ。

──もしかして、自分は気づいてほしいとでも思っているのか。

この虚《むな》しさを、寂しさを。

本当に恐れているのはカメラのレンズではない、部屋に戻りたくないと避けてしまうのは、一人に戻った自分を確認するのが怖いからかもしれない。

「…………はっ」

馬鹿な考えを笑い飛ばそうにも、上手く笑えなかった。

力なくベッドへ座り、ハッとなる。

月が見えた。

へたり込むようにすとんと腰を下ろせば、壁一面の広い窓の向こうに、天高く昇りゆく丸い月が輝いていた。

いつの間にか、神々《こうごう》しいほどに強く白い光を放っている。立ち並ぶ高層ビルの屋上の赤い航空障害灯さえも越えて、どこまでも。夜の街を、一人ホテルの一室で佇《たたず》むだけの男さえも照らす月の光。

「……フラワームーン」

五月の月の話を思い出した。

自分のことはすべて知られたも同然だけれど、考えてみれば玖月のことはほとんど知らないままだ。

一体、どれだけの彼を知っていたのだろう。

「雑煮《ぞうに》の具って、いつもなに入ってました？」

やけに大人しいと思えば、満安《みつやす》は唐突に口を開いた。

ただでさえ色気も素っ気もない、必要最低限の機能性しか追求されていないルームに、年を越えても変化はない。

三が日も過ぎ、正月感などお喋《しゃべ》りな監視員の無駄話くらいだ。

「うち、焼きハゼ入ってんですよね。実家は小田原《おだわら》なんすけど、母親が仙台出身で。魚ってなんか生臭そうって女子ウケ悪くって。まぁ雑煮で女子ウケ狙わなくてもいいんすけど」

「豪華でいいじゃねぇか。焼きハゼ、今や貴重品だぞ？　俺んとこは餡餅《あんもち》だな。甘味《かんみ》入りは全国的にも珍しいから、スイーツ好きの女にウケるかもな」

「へぇ、延本《のぶもと》さんって四国辺り出身ですか？　つか、雑煮にスイーツ感求めなくても……で、玖月さんは？」

どうしてもこちらへ話を振らずにはいられないらしい。

玖月の無愛想も据《す》え置きにもかかわらず、懲《こ》りずに訊いてくる。

「べつに普通だな」

「雑煮の普通ってどんなんですか？　鶏《とり》系っすか？」

「万人《ばんにん》受けするやつだよ」

「雑煮なんて究極の家庭の味なんだし、みんなが気に入る必要ないでしょ」

期待される家庭の味とはほど遠い。玖月が知っているのは、大勢で食べる学校給食と変わりない正月料理だ。

「あれ、そういえば玖月さんの実家ってどこ……」

「満安、三十七番はどうなってる？　通報で現逮《げんたい》しないとこの人数は追いきれないぞ」

なんの感慨もない、眉一つ動かない眼差しをモニターへ向けたまま問う。

三十七番の自宅はパーティールームと化していた。薬物を使った乱交パーティーだ。複数の若い男女がくんずほぐれつ、右も左も女の裸だらけの画面にさぞかし興奮しているかと思いきや、満安からは冷めた反応が返った。

「もうやってます。こんなのとっくです」

チラと隣を窺えば、横顔は自分と大差ない。配属されてひと月と半あまり。良くも悪くもすっかり監視に慣れた男に、「そうか」とだけ返して立ち上がった。

監視員の夜はまだ長いが、もう九時だ。コーヒーでも淹《い》れようと思い立ち、満安の背後を過《よ》ぎろうとして、玖月はぎょっとなった。

「……待て、二十八番が変だ」

ここでは古株の監視対象者となった、横領《おうりょう》疑惑の老人の様子がおかしい。

監視は二名体制が基本だ。今は玖月以外で担当中の二十八番は、胸を押さえてキッチンのカウンターに突っ伏している。

「いつもの発作ですよ。狭心症《きょうしんしょう》でしたっけ?」

満安は落ち着き払った声だ。以前、心配して狼狽《うろた》えていたのと同じ男とは思えない。

「時間は? どのくらいだ?」

「えっと三分か、そのくらい……薬はじいちゃんのいるカウンターの引き出しですよ? 早く飲んでしまえば……」

「五分過ぎそうだ! すまん、見落としてた」

モニター越しに延本が答える。

狭心症の発作はニトロで大抵は治まるが、飲まなければ危ない。二十八番の監視が長引いているのは、証拠が挙がらないためだ。本人が着服《ちゃくふく》した金や証拠の在《あ》り処《か》を忘れてしまった可能性を、認知症の兆候《ちょうこう》に感じ始めていた。

玖月は迷わず決断した。

「救急車だ」

「えっ、本気っすか?」

「見殺しにする気か」

「だって俺ら監視員ですよ? 救急車なんて呼んだら、監視がバレバレに……それに、上からなんて言われるか……」

「辻褄《つじつま》ぐらい、後でなんとでも合わせられる」

「でも……」

沈黙しそうになる満安に、延本が背中でもバシバシと叩くように言った。

「星陽《せいよう》、おまえは二十八番をどうしたい？　べつに死んだってうちが咎《とが》められることはないがな。監視の目なんて、本来存在しねぇはずなんだし。けど……おまえ、『神様にでもなったみたい』って喜んでなかったか？」

監視員が『神』なら、神の目の仕事は人々の単なる監視ではない。

「そりゃ……助けたいです、できるもんなら。でも、家の場所がっ……まず依頼部署に報告しないと……」

「リーダー、わかるんだろ？」

「はい」

低く応《こた》えた玖月は、急ぎ席へ戻った。

周辺のマップをモニターに映し出す。通い慣れた知人の家でも示すように、触れずとも反応する画面の上で指をピンチアウトする。

「二十八番の家はルームの監視範囲の十キロ圏内にある。リビング側の窓からよく犬の声が。向かいの家は犬を飼ってる。それも、かなり大きな……」

「いやいや、玖月さんっ、犬飼ってる家なんてそこいら中にありますってっ！」

「家の間取りはかなりの豪邸《ごうてい》、どの窓からも隣近所に集合住宅が見えない。真新しい家は少なかった。ルームの周辺で古くからの住宅街は、駅の東側……その窓から向こう側だ。二十八番の書斎の窓から、あの時計塔……ガラスのマンションが見えた。ここより近いが、だいぶ右手寄りだ。該当《がいとう》するのは……」

ズームアップを繰り返し、航空写真で示した。

「二十八番の家はこれだ。家の大きさ、窓から見える庭。向かいの家のドッグラン」

「すごい……そんだけの情報ですぐ」

路地の周辺を立体映像で映し出せば、もう紛《まが》いようはない。門構えから、ガレージの車の車種まで。満安も助けを呼ぶことへの躊躇《ためら》いは捨て去ったようで、すぐに通報に至った。

固唾《かたず》を飲んでモニターを見つめる監視員たちのイヤホンに、救急車のサイレンが聞こえてきたのは、老人の不調に気づいて十分ほど経《た》ってからだ。老人は薬を取り出せず、キッチンの床に蹲《うずくま》り意識を失っていたものの、換気用のルーバー窓から気づいた隊員が助けに入った。

ひとまず安心だ。玖月もホッと力が抜ける。

しばらく経っても黙り込んでいた満安が言った。

「玖月さんって、冷静すぎて怖いと思ってたけど……冷たいわけじゃないんですね」

「人を見殺しにするのは、警察官の職務倫理に反する。ただそれだけだ」

「最近のスケートリンクは氷じゃないところばっかりだしな」

どちらの助け舟かわからない発言は、モニターの壁の向こうの延本だ。満安が度々《たびたび》スケートリンク呼ばわりしてきたのを、皮肉っているのだろう。

「だいたい、じいさんが狭心症で、薬飲めば二分で治まると調べたのもリーダーだぞ」

「えっ、そうだったんすか?」

「薬の袋にでも書いてあると思ってたのか?」

「いや、そこまでは……」

「おまえ、上面《うわつら》だけリーダーに似るくらいなら、前のままでいい。監視には慣れても、心まで染まるな……って、なんかカッコつけすぎだな」

「延本さんはいつも案外いいこと言いますよ」

「案外ってなんだ。おまえ、なんで俺に上から目線……」

モニター越しにじゃれ合い始めたかのような会話が続くも、満安が軽く息を飲んで告げた。

「十六番が帰ってきました」

ガラスの塔のようなマンションの住人であり、二係のカメラの設置ミスにより自宅の監視を逃れていた男だ。

玖月も画面を凝視《ぎょうし》した。

改めて監視依頼が来たのは年の瀬の十日ほど前。羽振《はぶ》りのいい気ままな一人暮らしの男は、今夜も初めて見る若い女を連れている。

「コイツ、毎晩飲み歩いて女お持ち帰りしてポットでラリって豪邸暮らしって、人生適当すぎでしょ。つか、こんな厳《いか》つい、いかにも堅気《かたぎ》じゃありませんって顔の奴が十六番だったなんて……」

満安は納得いかないといった反応だ。聞こえよがしの溜め息を合間に挟みつつ、ぼやいた。

「先生、今頃どうしてるんすかねぇ。新年も魚に餌《えさ》やって、ヤドカリにも餌やって、持ち帰りの仕事寝るまでやってって感じの毎日ですかね。はぁ、せめて彼女と上手くいってたらいいんすけど」

「誰の話だ」

「え……十六番ですよ、隣の部屋の弁護士先生」

玖月は前を見据えたまま返した。

「そんな人間は知らない」

二十八番の老人は入院し、監視対象から外れることになった。

消防によると、『室内から老人の呻《うめ》き声が聞こえる』と通行人からの救急要請があったらしい。発信元は不明。『随分耳のいい通行人がいたものだ』と、課長の伸藤《しんどう》からは当てこすりとしか思えない小言を聞かされた。

「で、こっちはまだ逮捕できないわけですか？」

やってられないとばかりにデスクチェアにふんぞり返った満安は、吐き捨てるように言う。

十六番だ。今夜は珍しく早くに一人で帰宅し、女の目もなく証拠に迫《せま》れるかと思いきや、リビングでエロ動画を楽しんでいるだけだった。

立体投影の洋物ポルノ感の溢れるストリップショー。酒のつまみはポットだ。生葉《なまば》の白いポットスプラウトは薬の作用も弱いため、ほろ酔いでいい気分といったところか。

玖月は冷静に応えた。

「まだだ。十六番の容疑は肥料の製造だ」

「わかってます。でも、ポット常習者なだけで、肥料作ってる様子なんてどこにも……この部屋、水槽《すいそう》すらありませんしねぇ」

小さな罠《わな》のような単語は無視した。

「この男、意外に綺麗好きだな」

隣室と間取りは同じだが、部屋の印象はまるで違う。黒いストリップ階段に、チェスの碁盤《ごばん》のような白黒の床。スポーツカーも顔負けの、けばけばしいまでに真っ赤なレザーソファ。

インテリアに感心できないのは好みの違いにしても、部屋はお世辞にも片づいているとは言えない。雑然《ざつぜん》としている。

そのくせ男は几帳面《きちょうめん》な一面もあり、ポットを入れた皿一つでも洗った。

「俺だって食洗機《しょくせんき》にぶっこむだけなら、歯磨《はみが》きコップだって毎日入れますよ。先生だって、コーヒーカップ一つでも入れてたじゃないですか？　まぁ、先生は見るからに綺麗好きでしたけどね」

玖月はイエスともノーとも答えない。

首すら上下左右にも動かさず、彫像《ちょうぞう》のように横顔を満安に向けるだけだ。

「まただんまりですか」

「なにがだ？」

「玖月さん、『先生』って言った途端に無視しますよね？」

「知らないものは応えようもないだけだ」

「いやいやいや、ないでしょ。有り得ないでしょ！　忘れたって……どっかに頭でもぶつけたならともかく、最近スケートでも行きましたか？」

一人騒ぎ立てる男は、ハッと目を見開かせた。

「玖月さん、まさか……拗《す》ねてるんですか？　そりゃあ、部屋を間違えるなんて三課始まって以来の大失態でしょうけど……うちのせいじゃありませんよ？　俺なんか、先生はゼロポイントだといいなって、ずっと思ってたくらいで」

漏らした玖月の息は、溜め息に変わる。

根負けしたように応えた。

「ゼロポイントじゃない」

「……え？」

「以前の十六番は、捜査上のミスだ。被疑者じゃない。元々、監視対象になるはずもなかった人だ」

「そりゃあ……そうですけど」

「上も重い腰上げて謝罪し、カメラは回収、本部のサーバーからデータも消えた。あと残っているのは……俺らの頭の中の記憶だけだ。監視員が好感を持っていたかなんて、被害に遭《あ》った人間からすれば関係ない。俺らに果たせる責任は、ただ忘れることだ」

隣を見る。呆然とした顔の男に、玖月は静かに告げた。

「だから、おまえも忘れろ」

責めるでもなく、ただ願うような声で。

「いや……筋は通ってるっていうか、理屈はわかりましたけど……それって無理じゃないですか。人間の記憶は、そんなに都合よく消えないですって」

思わず苦笑いが浮かんだ。

「俺はもうだいぶ忘れた」

「……嘘でしょ？」

「本当だ。この調子ならいずれ全部忘れる。だいたい、毎年どれだけの被疑者を監視してると思ってるんだ。いちいち覚えてられない」

「……そんなもんなんすか？　の、延本さんはっ？」

戸惑う満安の助けを乞う声に、話を聞いていたらしい延本からは、曖昧《あいまい》に濁《にご》すような答えが返った。

「どうだろうな。人によるんじゃないのか」

「まさか、延本さんももう……」

追及は、左耳のイヤホンに響いた微《かす》かな音に途切れる。モニターの中心にズームした画面の十六番がいち早く反応し、左腕の金ぴかのバングル状のスマートバンドに触れた。

投影の小さな画面が、浅黒く日に焼けた男の手首の上でポップアップする。

「十六番にきたの、メッセージじゃありませんね」

「……ああ」

珍しく通話《コール》だった。かけてきた人物の顔を確認する。投影の画像はズームしても確認しづらいものだが、カメラの位置と角度は運よく合っていた。

十六番よりだいぶ若い、二十代半《なか》ばから後半。短髪の黒髪。一見、細身に見えるが、黒いアウターの下の体軀《たいく》はどうなっているかわからない。

「この男……」

玖月は思わず目を凝《こ》らし、モニターに顔を寄せた。

「おい、こないだのフードの男に似てないか？　九番の放火の」

眠気でも飛んだように、満安と延本は揃ってガタリと椅子を鳴らす。

「えっ、金髪じゃありませんよ？」

「髪くらい、どうとでもできる。身元隠しにカツラ被《かぶ》ってたのかも」

「どこで同一人物と判断してるんですか？」

「顎《あご》だ。歩き方の癖も見たいが、この画面じゃわからないな」

「顎って……いいえ、玖月さんを俺は全面的に信じます」

老人の一件のせいか、やけに素直だ。

十六番にとっては、予期せぬ相手のようだった。『どこでこのアカウントを知った？』と問い詰める男は、どうやら誰であるかもわかっていない。

『随分いい家に住めたもんだな。毎原《まいばら》んとこが、どうなったかは知ってるだろう？』

ソファに座った十六番は硬直し、玖月は満安と目を合わせた。

毎原は、家が全焼した九番だ。監視中から玖月は本名に気づいており、満安のほうは知っていたかわからないものの、察した顔つきだ。

脅迫めいた会話に耳を傾けるうち、関係がなんとなく読めてきた。

「毎原や十六番は、肥料を多めに作って横流しし、甘い汁を啜《すす》ってる連中ってところか？　この男は、組織に雇われて制裁《せいさい》に回ってるって感じだな」

物騒《ぶっそう》な会話は、監視員たちが頭を忙《せわ》しなく巡らせている間も続いた。

『まだ選択肢があると思ってるなら、大間違いだ。俺はもう、おまえの家の前にいる』

『だっ、だからなんだ⁉』

『毎原は悪運の強ぇ《つえ》奴でいなかったが、おまえは逃げられないってことだ』

『はっ……なに言ってんだ、そう簡単に入れるとでも思って……』

『無駄話は時間がもったいねぇからもう行く。とりあえず、出せるもん用意しとけ。そうすりゃ命くれぇはどうにかなんだろ』

通話は切れた。

硬直していた十六番は、バッと立ち上がったかと思うと、部屋のセキュリティを確認し始めた。目視《もくし》でも戸締まりを確かめてもなお落ち着かない様子で、檻《おり》に閉じ込められた情緒不安定の動物のように行ったり来たりと部屋をうろついていたが、やがてキッチンに向かった。

シンク下の収納スペースから、ペットボトルを取り出し始めた。

「水か？　こいつ、どうするつもりだ？」

延本の呟きに、応える満安は暴投《ぼうとう》した。

「水持って避難するって決めたんでしょうよ。実家の母ちゃんも防災グッズに入れてます」

「アホか、災害避難じゃねぇぞ」

突っ込みは延本に任せ、玖月は男がボトルを取り出した周囲を見た。

「食洗機がビルトインだ。給水も配水も管が見えない。シンク下のスペースに繋がってる可能性はある」

「ってことは、食洗機を改造した肥料製造機か？　だとしたら、このペットボトルの中身は液体肥料……」

男は大きなペットボトルを玄関へ運んでいる。一見、バリケードでも築き始めたようだが、見ようによっては『出せるもの』を捧《ささ》げ物として並べ始めたようでもある。

広々とした玄関ホールに、クリスタルのピンのように次々と隙間なく並んでいく透明なボトル。

しかし、それ以外に動きがない。

「妙じゃないか？　あの男、来ないぞ」

延本が業《ごう》を煮やしたように言った。

「ただの脅しだったとかですかね？　簡単に侵入できるマンションでもなさそうだし……羽虫カメラじゃないんだから」

「いや、放火の男なら毎原のマンションにもするっと侵入してた。あそこもセキュリティが甘い感じじゃねぇし、鍵《キー》をコピーしてたって話だ」

「じゃあ、どこ行ったんすかっ？」

詰め寄るような満安の声が響く。

隣席で黙り込んだ玖月は、くるりと椅子を回した。

窓の外は今日も夜だ。遠いオフィスビル群を背景に、積み上がったガラスのキューブが燦然《さんぜん》と輝くマンションに、まだ窓明かりは多い。九時を回ったばかりだ。

塔の中心より、やや上方。玖月は隙間なく並んだ明かりを目にした。

「……隣の部屋だ。隣に行った可能性がある」

即座に延本が反応した。

「また間違いかっ⁉」

ビルの構造を把握することに長《た》けた二課がミスをしたくらいだ。初めて訪れた者は、誰であろうとイタリア人建築家とやらのまさかのミスリードの罠《わな》に引っかかりかねない。

モニターにバッと向き直った。ペットボトルを並べ終えた十六番も、待てど暮らせどこない来客にまごつき始めている。

「玖月さんっ、間違いって先生んとこですよねっ？　今は『忘れた』とか『忘れろ』とか言ってる場合じゃ……」

「カメラを飛ばす」

「えっ？　ありませんよ、もう先生んとこにカメラなんてっ！」

「十六番の部屋のカメラだ。可能な限り隣の窓際に寄せる！　リビングの二台からだっ、俺が『3a』を飛ばすから、おまえは『3b』をっ！　集音力《しゅうおんりょく》を最大にしろっ！　音を拾えるかもしれんっ！」

「えっ、あっ、りょっ、了解っ！」

日頃の沈着冷静な態度をかなぐり捨てた玖月の声に、狼狽《ろうばい》しつつも満安は応じる。

「319号室はそっちじゃないっ！　時計塔の螺旋《らせん》は右回りだから反対だっ‼」

「時計？　あっ、あっ、女出てるほうかっ！」

青天《せいてん》の霹靂《へきれき》に見舞われた十六番は、ストリッパーの動画も消し忘れており、惜しみなく裸体を晒《さら》してポールに上り詰めたダンサーが、身をくねらせている。金髪を振り乱し、官能的なポーズで開脚を決めたところだ。

玖月のカメラは、女の胸に突っ込んだ。揺れもしない乳房。満安も後に続き、二台の人の目には留まらないほど小さなドローン型カメラは、隣室に最も近い窓辺を目指す。

到着間際にグイと上げた集音は、三人の監視員の顔を揃って歪《ゆが》ませた。なんとも形容しがたい、ガラスを鋼《はがね》で削《けず》るような不快な音が耳を刺す。

「ちょっと、ノイズやばいっ、やばいっっ、なんすかこれっっ‼　耳が痛《い》ってぇっっ‼」

「我慢しろっ、ここまで上げるとノイズキャンセラーも効かない」

どんなに性能のいいシステムでも、本来の使用範囲を超えれば支障が出る。

『鼓膜が破れるっ‼』と叫ぶ口を満安はぐっと両手で押さえ込み、モニター越しの延本の呻《うめ》きは聞こえなかった。

鼓膜を掻き毟《かむし》られてでもいるみたいな不快なノイズの嵐の中で、微かな人の声が拾えた。

『……ですか……こそっ……そっち……誰な…ですかっ⁉』

玖月は、零《こぼ》れんばかりに目を見開く。

久しぶりに聞く男の声だ。

忘れるはずの声。忘れられない声。一瞬で脳がグラグラに揺さぶられた感じがした。

延本の絞《しぼ》り出すような声が、イヤホン以外は静まり返ったルームに響く。

「……マズイな。マズイだろ、これは」

「つ、通報しますっ！」

「ああ、星陽、急げ……玖月……？」

ずっとモニターの壁に阻まれて見えなかった男と目が合った。立ち上がった玖月を、訝《いぶか》る眼差しで延本は仰いでいる。

「……行きます、俺」

デスクに黒いイヤホンを放った。

「い、行くって……玖月さん、どこにっ……」

「……こんなところでじっと見てられるわけねぇだろうがっ！　俺は行くっ‼　満安、通報は頼んだっ‼」

満安の『了解』は、背後から聞こえた。

目についたデスクのものを引っ掴み、すでに玖月は飛び出していた。

灰色の床を蹴《け》り上げる。毎夜、ときには昼にも当たり前に籠《こも》ったルーム。

監視員の仕事は見るだけだ。捜査はしない、誰かの助けに直接なることもない。被疑者にも、市民にも顔を合わせることはなく。

ただ、カメラのレンズ越しに事象を見つめるだけの目であり続ける。

その枠《わく》を破ろうとしていた。

正しさなんてない。あのときと同じ。声をかけずにはいられず、会いに向かわずにはいられず、ただ今は助けようとせずにはいられないだけだ。

ルームを飛び出し、エレベーターに乗り込み、ビルをも飛び出した。目指す先は、いつも窓辺で輝き、暗い夜を嫌がる街の人々の象徴のように美しく聳《そび》えていた。

表通りへ出てタクシーを探すよりも、裏道をこのまま向かったほうが早い。道が曲がりくねろうと、どこからでも見える。

迷うことのない時計塔へ向け、玖月はひたすらに走った。

満安に『忘れた』と言ったのは嘘じゃなかった。

最初に監視した日のこと。玄関を開けて部屋に戻ってきた、その顔を忘れた。日々の生活を送る姿も、魚に餌をやる姿も、眠りにつく男がベッドサイドの球体ランプに翳《かざ》した白い手も。

爪の形までは覚えてはいない。

人なんて、正確な記憶を保っていられるものではない。

忘れられると思った。ベッドしかないような自室で目覚める度《たび》、ルームの長椅子で天井を目にした瞬間、なにか一つは忘れられた気がして約束を果たせたとホッとした。

なのに時々、面影が過ぎる。

脈絡なんてない。発作みたいに突然それはやってきて、いつものレストランで出勤前の食事を取っているときでも、お構いなしにパッと閃《ひらめ》く。スープの味も、肉の味もわからなくなった。

窓越しに眼鏡のスーツ姿の男でも過ぎろうものなら、一瞬の閃きではすまなくなり、思い出す度に自己嫌悪した。

今日も覚えていたと、忘れてはいなかったと、罪悪感を抱いた。

「……くそっ」

なのにやっぱり、今日も覚えている。

「……戸明さんっっ！」

夜が揺れる。月のない夜が。

幼い頃に不安に駆られた新月がくる。玖月は天を仰ぎ見ることもなく、走りに合わせて弾《はず》む夜の中、手招くように輝く塔だけをどこまでも追いかけた。

時計塔へは五分あまりで辿《たど》り着いた。

間近に迫ったマンションは、繊細《せんさい》なガラスの塔というより氷山《ひょうざん》のように映る。

一つ一つのキューブが大きく、麓《ふもと》からは全容が見えない。突破《とっぱ》の難しそうなエントランスの扉は、そのセキュリティの高さゆえに、玖月には簡単に破れた。

蹴破《けやぶ》ろうとする素振りを見せるだけで、警備員が飛んできた。デスクで目につき、右手に摑んできたものを、言葉も発せないほど荒れる息遣いのまま突き出した。

警察手帳だ。

飛び出したときにはブラックシャツ一枚で凍《こご》えた体は、今は上がる息にそれどころではなくなっていた。暑いというより苦しい。警備員に話をつける間に少し整え、エレベーターに向かう間に深呼吸をした。

エントランスから贅《ぜい》の限りを尽くされたとわかるマンションは、エレベーターに乗り込めばその特異さがわかった。

階数表示がない。フェイス認証。来客は部屋番号の入力、あるいはAIアシスタントへの音声指示だ。

部屋の最寄り位置へ停止したエレベーターを降りると、ホテルと見紛《みまご》うフロアが広がっていた。通路の内装がそうであるだけでなく、壁に金色の真鍮《しんちゅう》の文字で部屋の方向が記されている。

『315〜』の矢印の示すほうへ向かった。

スロープの螺旋は狭くはない。緩《ゆる》やかに感じられるが、走ると目の回るような感覚を覚えた。慣れない者には戸惑う構造で、317号室は確かに存在せず、十六番のいるはずの318号室を横目に玖月は隣室へ駆け上がった。

『319』と記された門扉《もんぴ》は、開かれたままになっていた。

玄関扉までの距離は遠くない。まだ完全には整いきれない呼吸をどうにか静めながら、ドアハンドルに手をかけた。

扉は開いた。

フル稼働《かどう》の頭を巡らせる。異変が自分一人では制御《せいぎょ》できない状況であったとしても、すぐにも応援は到着するはずだ。ルームの二人が対応してくれている。

戸明を救い出せないのなら、時間を稼《かせ》ぐまでだ。

玖月は思い切った。

靴を脱ぎ、足音を忍ばせながらも、身を屈《かが》めたりはせずできるだけ普通に部屋へと入った。男が間違いに気づいて出てくれれば、住人の振りで警戒心を抱かせずにやり過ごすつもりだった。

しかし、穏便にすませる希望はすぐに失せた。

「だからっ、適当なこと言ってんじゃねぇよっ！」

恫喝《どうかつ》の声。玖月は廊下の先の戸口から、様子を窺う。

あの部屋が広がっていた。

いつもカメラ越しに見ていた、青みがかったグレーの磁器《じき》タイルの床。白壁に調度品や扉はウォールナットのダークブラウン。

それから大型水槽のアクアリウムと、ストリップ階段の印象的な——

まるで映画やドラマのセットのように広がる美しい部屋。しかし、フィクションではなく、その中には演者《えんじゃ》でも投影でもない、生身のよく知る人物がいた。

「玖月くん…っ……」

ストリップ階段の途中で、玖月は男に腕を掴まれていた。

「なんだっ、おまえっ⁉」

「……なんだはこっちが言いたい。人の家でなにをやってる？」

「はぁっ？　くそっ、一人だって言ってやがったのに仲間がいるじゃねぇかよ！」

舌を打つ男の手を振り解《ほど》こうともがきながら、戸明が言う。

「仲間じゃありませんって、あなたが探している人がいるのは隣の部屋です。ここは319号室ですから……」

「いいかげんにしろ、てめっ、そんなクソみたいな誤魔化《ごまか》し通用すると思ってんのか⁉　才田《さいた》はどこだっ？　おまえらグルで匿《かくま》ってんだろっ⁉」

男は聞く耳を持たず、どうやらこの調子で説得は失敗に終わっているらしい。

二階へ向かうつもりだ。寝室や書斎、クローゼットまで確認して納得して下りてくればいいが、すっかりテンパって冷静さを失っている男が素直に目を覚ますとも思えない。

なにより、男の右手のものに玖月も落ち着き払ってはいられなかった。

小ぶりだが、ナイフを握り締めている。銃でなかっただけマシだと捉《とら》えるべきか。まだ逃れるチャンスは残っていた。

銃弾は階下へも飛ぶが、ナイフならば。

「玖月くん……」

「いいから先に行けっ！　おまえが先だっ、案内しろっ！」

刃先を揺らす男は、黒いロングコートのフードを被り、中から金髪を覗かせていた。侵入の前に施《ほどこ》した安っぽい変装は、放火のときと同じく、目撃者を警戒していた証《あかし》でもある。

室内の盗撮を警戒していたのなら、警察の捜査が及んでいる可能性も考えていたはずだ。

「おいっ！」

玖月は鋭い声で呼び止めた。

「俺は警察官だ」

「は……？」

「無駄な罪は増やすな。もう遅い、ここで現行犯逮捕だ。すぐに応援も駆けつける。なにが得《とく》策《さく》か、おまえもその道のプロなら知ってるだろう？　罪を増やすのは、賢いやり方じゃない」

言いながら、階段のほうへとゆっくりと歩み寄った。すでに二人は最上段近くまで上り詰めている。吹き抜けの高い天井のリビングは、二階への階段も相当な高さがある。

「はっ、おまえが警察官だってて？」

「疑うなら、確かめろ。本物だ」

銃も手錠も、玖月は携帯してはいない。あるのは右手の警察手帳だけだ。

高く翳した。開き見せても確認できる距離ではなく、放る仕草をした。

男の視線が泳ぐ。

「ほらっ……飛べっっ！」

玖月は高く投げた。ずっと凝視《ぎょうし》していたのは、手帳でも男でもなく、戸明の目だった。飛んでほしいのは手帳ではない。

「飛べっっ‼」

声を限りに叫んだ。

届けと縋《すが》るように祈った。戸明は自分の思いを理解し、一瞬の隙に拘束《こうそく》する身を突き飛ばした。男の追えない宙へと、手摺《てすり》のないストリップ階段から躊躇《ちゅうちょ》なく飛び出した。

無我夢中《むがむちゅう》だった。

ただこの身で受けとめられればいいと思った。自分はどうなってもいいから絶対に放すまいと、腕を広げ身構えた。

激しい衝撃。戸明の身の重さだけでなく、背中や後頭部をも強く襲った。

バランスを崩した玖月は背後に倒れ込み、転げる勢いでぶつかったのは水槽のキャビネットの端だった。

大型水槽を支える台座はビクともせず、二人分の衝撃を受け止めた。

「戸明さんっ！　戸明さんっ、大丈夫ですかっ⁉」

痛みに顔を顰《しか》めながらもすぐに飛び起き、戸明を庇《かば》うように抱いた玖月の背後で、玄関から飛び込んでくる男たちの気配がした。


放心してソファに座っていた戸明が口を開いたのは、駆けつけた制服警官に男が連行され、しばらく経《た》ってからだった。

「……ありがとう、助かったよ」

実際に放火犯の男と対峙《たいじ》していた時間は短くとも、憔悴《しょうすい》しきった様子だ。助けが来るとは予想もできなかったのだから、当然だった。たとえ一分でも途方もなく長く感じられたはずだ。

「いえ、本当に怪我がなくてよかったです。ご迷惑をおかけして申し訳ありません」

ソファの傍らに立つ玖月は、畏《かしこ》まった口調になる。言葉は硬くとも心底ホッとしていて、部屋着姿の戸明にさり気ない視線を送った。

アイボリーのボタンダウンのシャツに、ライトグレーのパンツ。ネイビーのロングカーディガンは何度か目にしたことがある。外出しても問題のない服装ながら、戸明のリラックスタイムの姿だ。

まだ覚えていた。

懐かしさと、罪の意識と。

こちらを仰いだ男は、今夜もハーフリムの眼鏡をかけている。落下の際にフレームが少し歪《ゆが》んでしまったそうだが、割れたり顔を傷つけたりはしていない。

ふっと戸明は苦笑した。

「君のせいじゃないだろう？　警察のせいでもない。さっきの男が勝手に間違えたんだ」

説得を試《こころ》みても、男は戸明を十六番の仲間だと思い込み、聞く耳を持たなかったらしい。失態を認めたがらない脳が正常性バイアスにでも惑わされたか。交わらない世界の人間と一目でわかりそうなものなのに。

「本当に、びっくりしたよ……でも、監視カメラの間違いがあったから、なんとなく状況は理解できた。これも怪我の功名ってやつかな」

「しかし、結果的に二度も一般の方を巻き込む結果になってしまい、すみません。今回は、後で事情聴取《ちょうしゅ》も受けてもらうことになると思います」

和《やわ》らいでいた男の表情が、微かに強張る。

『事情聴取』という単語に拒否感を覚えたのかと思いきや、違っていた。

「一般の方……か。約束どおり、もう忘れたってこと？」

玖月の顔にも緊張は走った。

低く答える。

「……いえ、それはまだ……」

「だろうね。さっき、名前を呼ばれたから」

「あ……すみません、さっきは咄嗟《とっさ》に。でも後悔はないです。忘れなかったおかげで、迷わずここに来れましたから。あなたにどう思われようと……嫌われても、憎まれても構いません。あなたの無事のほうがずっと大事です」

玖月は迷わなかった。

身の両脇で緩く握りしめた手に力が籠る。

警察官が守るべき市民であると同時に、戸明だからだ。身の安全以上に大切なものなんて、たとえ戸明自身が拒否しようと、ないと思った。

戸明はじっと見返してきた。

その唇は、ぼそりとした言葉を発した。

「無事じゃないよ。全然、無事じゃない」

「え……」

一定の距離を保つかのように突っ立っていた玖月は目を瞠《みは》らせ、飛びついた。床に跪《ひざまず》き、触れるはずのなかった男の白い手を思わず取った。

「け、怪我でもしてるんですかっ？　やっぱり落ちたときに……」

「君のほうこそ、無事なの？」

されるがままの男は、どこか寂しげな声で問う。

「……はい、俺は大丈夫です」

戸明は微かに笑った。

「嘘つきだな、君は本当に。さっき、痛そうに腰を押さえてた。僕を受け止めてくれたときに痛めたんだろう？　病院で診《み》てもらわなくて大丈夫なのか？」

「ただの打撲《だぼく》です。すぐに治ります」

「でも……」

「調子が悪くなったら、ちゃんと診てもらいますから」

「……そう」

少しだけ安堵したような表情に、玖月も安心して立ち上がった。

「俺もそろそろ失礼します。事情聴取は改めて……俺以外の者が担当になるはずです」

一礼をして背を向ける。

部屋を出ようと水槽の脇を回れば、背後で立ち上がる気配を感じた。

「フラワームーンハウス」

かけられた声にドキリとなる。

戸明の口から飛び出す名ではない。玖月自身も長い間、口にしたことはなく、最後に思い出したのは戸明を自宅へ招いたあの日だった。

「どうしてハウスのことを……」

「ごめん、ふと気になって『フラワームーン』でネットを調べてみたんだ。君が住んでたのは、茨城《いばらき》にある施設だろう？　近くに花畑で有名な公園がある……」

活動を伝えるサイトや、施設長のインタビュー記事を読み込めば、どういった趣旨《しゅし》で創立された児童養護施設かがわかる。主に、犯罪被害者の遺児《いじ》へのケアに力を入れた施設だ。

「ご両親は……ポットの関連事件で亡くなったんじゃないのか？」

躊躇《ためら》いがちに問われ、玖月は他人のデータでも語るように、いつもの抑揚《よくよう》のない声で応えた。

「……ええ、二十年前の無差別殺傷事件の一つです。でも、俺はよく覚えていません。その場に一緒にいたはずなんですけど、それ以前のことも……記憶が曖昧で」

実際、感情が波立つことはない。古いニュース記事でも、そのまま引っ張り出しているかのように時が経つほど感じられる。

記憶に乏《とぼ》しいせいか。大人たちは、玖月のあやふやさを事件の影響にしたがったけれど、本当のところどうだかわからない。

引き留めるように声をかけた戸明は、大きな水槽の向こう側にいた。

まるで傷ついたのが自身であるかのように、不安げな眼差し。

「でも……事件がきっかけで警察官になったんだろう？　その、監視員って仕事は、薬物捜査に欠かせなくなってるって聞いたよ」

「どうでしょうね。結果的に、ポットも含めた薬物捜査のサポートをしてはいますが……」

ゆらゆら揺れる。アクアリウムの方々で上がるエアーに水の煌《きら》めきを感じる。

分厚《ぶあつ》いガラス一枚向こうの別世界。二人の会話など耳を傾けようもない色とりどりの魚たちは、触手《しょくしゅ》を揺らすイソギンチャクや、歪《いびつ》なオブジェみたいな珊瑚《さんご》の上を舞うように泳いでいる。

澄み切った世界を前に、玖月は話した。

「犯人に対して、憎しみのようなものはありません。犯人は親の顔も、殺した瞬間のことも覚えていないみたいですし」

「そんな……」

「薬物の影響です。事件がなければよかった、両親に元気でいてほしかったとは思いますけど……それも感情的じゃないっていうか。奪われたと感じるには記憶がなさすぎて……俺には、二人のいない世界のほうが普通なんです」

外を知らない水槽の魚たちと同じだ。

観賞用なんて言われ、陸の人間の目を楽しませるために美しく生まれついたわけではないけれど、広い海を必ずしも望んではいない。

「ただ……」

「なに？」

発した小さな声に、戸明は縋《すが》るような眼差しと声を向けてきた。

誰にも告げたことはない。自分でも明確に形にできないまま、あやふやな泡のように心に時折湧き上がった思い。

「ただ親がいれば……二人に育てられてたら、俺はもっと違う人間になれてたのかなって、時々思います」

自身への失望の訳を、言葉に変えた。

腑《ふ》に落ちるように、玖月も今わかった。

「違う人間なんて、なる必要はないだろう？　君は立派に育って、立派な警察官なんだから」

「社会的にはそうかもしれません」

「そうかもじゃなくて、そうだろうっ？　君は僕を助けてくれて、守ってくれたっ！　どこに変わる必要があったって言うんだっ!?」

少し驚いた。戸明の剣幕《けんまく》は、自分のために本気で否定しようとしてくれているからこそだ。

「ありがとうございます。でも、あなたとの約束は果たせてませんけどね。今日、痛感しました。親のことは、ちっとも覚えてなかったくせに……俺はあなたについては忘れられずにいる。

五歳の子供のようにはいきませんね」

微かに浮かべた苦笑は、自身への嘲《あざけ》りに変わっていく。

自分には果たすべき責務があった。それを放棄してしまった、守れなかった罰か。

「人はロボットじゃないんだから……そう思うようには……」

「でも、俺は監視員です。もう七年を過ぎました。人を見るのが仕事でも、人には興味がなかった。だから適任なんだと信じてきました。モニターの向こうで感情を剝《む》き出しにする人を大勢見てきたけど、俺自身はなにも感じない。なんにも、一つも。ずっとそうでした。あの晩、あなたに偶然会うまでは……もしかしたら、あなたの涙を見るまで……そうだったのかもしれません」

「玖月くん……」

「監視員失格です。ぺたんとしてる自分にたまに嫌気が差しても、そうでなきゃならなかったのに、あなたに対しては私情ばっかり。アウトすべき……見るべきではない映像も見ました。本来なら見ないですませられる場面です。俺はあなたに興味を持ちすぎた。あなたを、好きになってしまったんです」

水槽の向こうの戸明を見た。

どこにでもいるとは思えない。けれど、いくらその容姿が整い、仕事ぶりも優秀であったとしても、普通の男には違いない。千人に一人や一万人に一人の稀《け》有《う》な存在でもない。

なのに、特別に思えた。

今この瞬間さえも。

「すみません、約束を上手く果たせそうもなくて。でも、努力はします」

玖月は俯《うつむ》いた。

磁器タイルの床を打つ、水滴が見えた。

自分の目から溢れていると気がつくのに、少し時間がかかった。昂《たかぶ》る感情に浮かんだ涙。

「君は本当に……監視員には向いてないかもしれないね」

「……戸明さん？」

戸明は目を逸らさず、泣いている自分を真っすぐに見ていた。

臆《おく》すことなく言った。

「有能みたいだけど、本当はそうでもない。だって、君は僕のことをわかってないから」

「え……」

「僕は君を知らなかった。でも君も、君だって僕のことを全然知らない。なにも、わかろうとはしてない」

言葉に意識を攫《さら》われた玖月は、軽く身を震わせた。戸明の謎かけのような言葉のせいではなく、左手首の銀色のスマートバングルが振動《しんどう》していた。

ルームからのコールだ。

もう、行かなくてはならない。

「戸明さん、俺……」

「六十日近く僕を見続けていたのに。君は一体、なにを見ていたの？」

戸明の目に涙はない。

なのに、何故か泣き笑うような表情に見えた。


「玖月さん、お取り込み中でしたか？」

コールしてきたのは満安だった。

一大事件が勃発《ぼっぱつ》してチームのリーダー自ら飛び出してしまったからと言って、ほかの被疑者が大人しくしてくれるわけではない。早急の帰還を求められ、ルームに戻った玖月はデスクにつきながら答えた。

「……いや、どうしてだ？」

「なんとなく。俺の勘はよく当たるんです」

『一度でも当たってから言え』と以前は延本に指摘されていた気がするが、今はもう異を唱《とな》える者もいない。

その勘に根拠が基づいているかはともかく、今では侮《あなど》れない男だと思っている。考えてみれば、游崎《ゆうざき》が戸明の元を訪ねたときにも、『普通に魚を見にきただけ』などと言っていた。

「悪かったな、勝手して。おまえや延本さんに迷惑かけて……おまえなら任せられると思ってしまったんだろうな」

「うわ、今日はデレの日っすか？　どういう周期なんです？　月一っすか、女の子みたいですね」

「……今のは取り消す」

「冗談ですって。あざます！」

相変わらず自由すぎる新入りながら、照れているらしいのが伝わってきて、『まぁいいか』と思わせられる。

左耳にイヤホンを戻す玖月の隣で、モニターに顔を向けたまま満安は言った。

「先生のこと、思い出しましたか？」

「……ああ」

「やっぱり俺ら忘れなくてよかったですよね。結果的に先生も救えたし」

「そうだな」

ぼそりと答えれば、モニターの壁の向こうからは「終わり良ければすべて良しってな」と延本の声が纏《まと》めるように響く。

すべてなのかはわからない。

戸明の部屋に侵入した男は現行犯逮捕され、放火の罪も追及される。隣の十六番も速《すみ》やかに令状が下り、緊急逮捕となった。玄関に証拠の液体肥料を並べていては言い逃《のが》れもできず、男はポカン顔でなにが起こったのかまるで理解できていない様子だった。

これから詳細についても、明らかになっていく。

――戸明のあの言葉以外は。

『君は一体、僕のなにを見てたの？』

わからなかった。あの表情の理由も。

「玖月さん？」

満安の声に、動きを止めたままの自分に気がつき、「ああ」とモニターに手を翳した。

「一番から五番、十二番、十六……は飛ばして、十七番から二十二番、二十五番、三十番、三十三、三十九、四十四から四十七番ください」

「了解」

「はいよ」

ブラックアウトしていたモニターに、求めたナンバーの画面がずらりと並ぶ。日付も変わろうという時刻ながら、いつもの夜が戻ってくる。

目立った動きはない。新しい情報も入らず喜ぶべき状況でもないけれど、今夜に限っては助かった。深夜には交代で仮眠を取り、眠気覚ましのコーヒーを飲む玖月は、つい背後を振り返り見た。

明かりの減った時計塔を眺め、戸明の部屋の辺りを目で探った。深夜にもかかわらず疎《まば》らに残った窓明かりに、確かなことはなにもわからず、『おやすみなさい』とただ心に思い浮かべた。

「おはようございます〜」

ルームの朝は早く、早番の昼チームが姿を現し始まる。正確には三交代制で、まだ夜明け前の時刻だ。

「はー、やっと今日も一日終わりかぁ。つか、今日濃すぎじゃないっすか？」

「特濃《とくのう》だったな」

伸びをしながらぼやく満安と応える延本に、玖月は入ったばかりのメッセージをモニターの隅で確認しつつ言った。

「係長からもう報告の催促がきてる」

「冗談でしょ。誰が耳に入れたんすか、組対《そたい》っすか？　まさか伸藤課長からもきたりしませんよねっ⁉　俺、非番なのに、せっかく咲良《さくら》に会えると思ったのに」

少し驚いた。

「おまえ、彼女いるのか」

「実家の犬です。正月にちょっと顔出したらもう別れがたくって」

少しホッとしてしまった自分に、玖月は苦笑した。

「なんすか、なんで笑ってんですか?」

「いや、なんでも……」

思わずクックックッと声を立てて笑い出しながら、玖月も会いたい存在はあることに気がついた。期せずして会えたばかりだというのに。

あの水槽の向こうで、見せた戸明の表情が今もチラつく。黄色に青に、赤く小さく、ベルベットのように青く大きく、美しくひらひらと揺れる魚たちの先に見た姿が。

「おつかれさまです」

引き継ぎをすませた玖月は、表へ出るとビルの前で満安や延本と別れた。自宅マンションへ向け一人帰路《きろ》につく。

地平線はどこにも見えない街ながら、ビルの谷間に僅《わず》かな東寄りの空が見えた。微かな夜明けの気配の中、一筋の弧《こ》を描く光が低い位置で淡い輝きを放っていた。

昇ったばかりの月だ。

「あ……」

夜が明ける。まもなく東の空から白々と夜は明け、仄《ほの》かな月明かりは、ほとんど誰にも知られぬまま消えていく。

太陽に飲み込まれるように、一日が始まる。

街は目覚め、玖月には目も眩《くら》むほどの光の中を、人々は気忙《きぜわ》しく歩き始める。

地上の一人にもかかわらず、玖月の夜だけがまだ終わっていなかった。昨日を今日と呼び、明日は眠りにつくまでいつも訪れない。

まだ、戸明に再会した昨日が続いている。

路地を歩きながら、本当にそうなのだろうかと思った。

——自分、ただ一人なのか。

戸明の夜はもう、終わってしまったのか。

「……あれ？」

玖月は、時計塔のほうをバッと振り返り見た。

背後から来ていた自転車が驚いたように蛇行《だこう》し、傍《かたわ》らを走り抜ける。自転車の男の着膨《きぶく》れした防寒具の蛍光《けいこう》色の背には見覚えがあった。いつもこの時刻に同じ道を通っているのだろう。みな自分なりのサイクルで暮らしている。

夜の住人である玖月も例外ではない。鳥たちが目覚め、巣から飛び立つ時刻。仕事の引き継ぎを終え、通い慣れたビルを出て、一時羽を休めるだけのねぐらへと向かう。

冷たい空気を胸深く吸い込んだ玖月は、ふと抗《あらが》うように家路に背を向けた。

突かれたように歩き出した。

『君だって僕のことを全然知らない。なにも、わかろうとはしてない』

あの言葉の意味が、わかりそうな気がした。

戸明は今、どこにいるのか。寝室のクイーンサイズのベッドの中か、広いキッチンで、美しい曲線を描くノズルの電気ケトルを手に拘《こだわ》りのモーニングコーヒーを淹《い》れているのか。それとも、あのリビングで大きな水槽に射し込む朝日を待っているのか。

違うと思った。

自分はずっと彼を見てきた。

ずっとなにを考え、誰を思っているのか見てきたはずだった。

迷いながらの歩みは、やがて走りへと変わった。

「あ……」

辿り着いた店は、まだ硬く扉を閉ざした時刻。路地のささやかな樹木のイルミネーションも失せ、今にも消えそうな街灯と、冷たい風だけが吹き抜けるその場所に戸明は座っていた。

ドッグカフェのウッドデッキの端に腰をかけたコート姿の男は、あの表情でこちらを見た。

「戸明さん……」

「待ちくたびれたよ。こないのかと思った」

震えた声音は寒さのせいか。

気温なんて感じる余裕もないのに、玖月の声も同じく震えた。

「すみません、約束は反故《ほご》にしてもいいですか？」

「忘れてほしいなんて、僕は望んだつもりはないよ」

独りよがりの贖罪《しょくざい》でしかなかった。今果たすべきは、謝ることでも忘れることでもなく。

玖月は歩み寄る。今度は間違えまいと、ただ声をかけた。

「犬が……犬が好きなんですか?」

くしゃりと顔を歪めた戸明の眸から、大粒の涙が零れ落ちた。困ったみたいにレンズをずらして指の背で拭《ぬぐ》った男は、そのまま眼鏡を外して畳《たた》んだ。

「猫も好きだよ。魚を飼ってる、預かりもののヤドカリもね」

「俺は動物を飼ったことはありません。飼ってみたかったけど、できなかったから……子供の頃は、公園で見かける散歩の犬をよくベンチで待ち伏せたりしてました。偶然の振りして」

「君らしいね」

「得意なんです、偶然の振り」

笑う戸明の顔を目にした。

玖月は身を屈《かが》めた。

両腕を伸ばし、冷えたコートの男を抱きしめる。腕にした確かな存在。微かに震えたのはどちらだったのか。

「戸明さん、あなたのことを俺にもっと教えてくれますか?」

「いいよ。その代わり、君のこともたくさん教えてほしい。長くなっても、構わないから」

少年の頃、公園のベンチで犬を待ったように、玖月は隣へ腰を下ろした。
昇り始めた太陽にも気づかず話を始めた。
夜の外へと歩き出すように。

夜明けの月と僕
THE MOON AND I IN THE DAWN

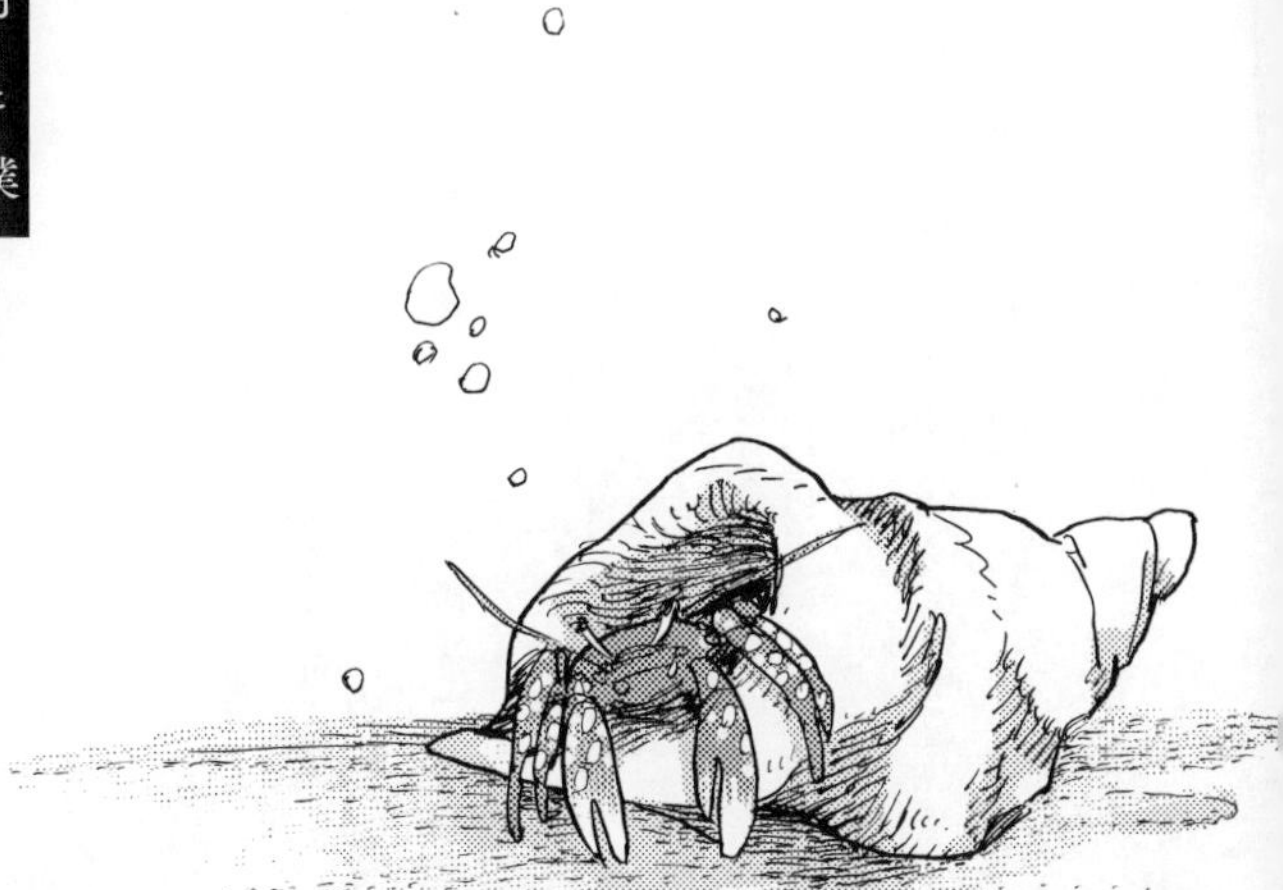

「ヤドカリって、例のヤドカリですか？」

テーブル越しの男の怪訝《けげん》な反応に、戸明《とあけ》は神妙な顔で頷いた。

「うん、この際譲《ゆず》ってもらおうかと思ってね」

気軽に名を口にするのも憚《はばか》られるヤクザの元組長、游崎《ゆうざき》からの預かりものの話だ。ベニサンゴヤドカリは一向に引き取られる気配もなく、今も自宅の水槽《すいそう》で熱帯魚たちと悠々《ゆうゆう》と共生している。

いっそ譲り受ければ游崎との縁も切れると考えた。関わりを持ち続けるのは、弁護士としてご法度《はっと》のご老人だ。

「押してダメなら引いてみろってやつですね……あっ、逆か。これまで引いてもダメだったから押してみようと？」

玖月は猪口《ちょこ》の日本酒を飲みながら応《こた》える。

囲炉裏《いろり》風のテーブルに格子《こうし》の天井、時代を遡《さかのぼ》る和風の居酒屋ながら、背後には不釣り合いに煌《きら》びやかな高層階の夜景が広がっている。

地上の遠い、ある意味いつもの夜だ。あれから二ヵ月あまりが経《た》ち、玖月《くづき》とは度々《たびたび》食事を共にする仲へと変わった。玖月の非番には、今夜のように仕事帰りに待ち合わせて飲むこともある。

自己紹介から改めるようにして始まった関係。

「実は今、入院してるそうなんだ」

「遊崎がですか？」

「年明けに体調を崩したらしくて……いつなにがあってもおかしくないご年齢だからね。弱ってるところにつけ入るみたいで悪いんだけど、今なら交渉にも応じてくれるんじゃないかって。見舞いに行って提案しようと思うんだ」

知人に世話を押しつけてまで手放さない、希少《きしょう》なヤドカリだ。平時なら話に乗るはずもないが、自身になにかあったときを考えれば賢明な判断を下すかもしれない。

「でも、危険じゃないですか？　相手は今も堅気《かたぎ》とは言えない人間ですし」

「そんな襲撃じゃないんだから……ただのご老人の見舞いだよ。自宅でもなく療養所だしね」

戸明は苦笑するも、玖月は変わらず思案顔だ。ちょっと世間話に振っただけのつもりで、そこまで心配するとは思わなかった。

「だったら俺も一緒に行きます」

「君を巻き込むわけにはいかないよ。場所も遠いし、警察官は自由に遠出はできないんだろう？」

「事前の申請は必要ですけどね。先月また人員が増えて休みも取りやすくなったんで、たぶん大丈夫です。やっと研修期間も終わったところで。ホント久しぶりだな、人手不足が解消されたのは」

「へぇ……それはよかったね」

本当に嬉しそうだ。

玖月は緩《ゆる》く口元を綻《ほころ》ばせ、片口《かたくち》の酒を手酌《てじゃく》で猪口に注《つ》ぎ始めた。錫《すず》の酒器《しゅき》は照明の光を受け、独特の柔らかな銀色の輝きを放つ。

星屑《ほしくず》でも濃縮したような光だ。やけにその手が美しく映った。節《ふし》の張った男性的な手ながら、指が長くバランスがいいからかもしれない。元より、顔立ちも長身のスタイルもハッとさせられるほど見目《みめ》のいい男だ。

ハーフリムの眼鏡の下で、戸明の目元は淡く赤らんだ。まだ一合《ごう》も飲んではいないけれど、ふわっと浮くようなほろ酔いを身に感じる。

玖月に変化はない。アルコールには強いらしく、飲みに行ってもだいたい顔色一つ変えないでいる。

この付き合いで知ったことの一つか。

「戸明さん？　どうかしました？」

「あ……いや」

その手にぼうっと見惚《みと》れていたなんて言えるはずがない。

「君は……そう、立場的にもあの人に関わるのはまずいだろ。それに、長野だから……泊まりになるかもしれないんだ」

「長野ですか……まぁ俺は夜からの勤務なんで、休みが一日しか取れなくても一泊ならなんとかなります」

一泊二泊の問題なのか。

宿泊を伴《ともな》う遠出であっても、玖月の気がかりはその点だけらしい。

過剰に意識してほしいわけではないとはいえ、ふと思う、今の自分はどういう存在なのか。

顔見知り、知人、友人。義務でも必須でもないのに度々会うからには、友人枠《わく》にはとうに滑《すべ》り込んでいるのだろう。

その先は——なんて、まるで今更片想いでもしているみたいだ。

実際、そうなのかもしれない。

日に日にあやふやになっていく。互いに涙を零《こぼ》したあの日。迎えた朝の会話は、事件の記憶と共に水槽のエアーにでもかき消されたかのように揺らいで輪郭《りんかく》を失くす。もしや玖月が収まりたいのは、居心地の良い友人関係ではないのかとさえ、近頃思い始めた。

それもきっと悪くはない。大人になってからの友人は貴重だ。仕事も生活環境も違う仲だからこそ、末永くフラットで良好な関係を築ける見込みはある。

「予定が決まったら教えてください。うちは内勤だし、急な事件に左右されることはあんまりないんで」

「君は今の職場ではリーダーなんだろう？」

「名ばかりのね。監視員歴が長いと割り当てられるんです」

「そんな、優秀だからに決まってるよ。人事は簡単なものじゃない。警察ならなおさらシビアなはずだし」

あの日を思えば、彼が優秀な警察官であることくらいわかる。

監視カメラは部屋にすでになかったにもかかわらず、隣室からいち早く異変に気づき、駆けつけてくれた。彼には冷静に状況を分析する能力も、行動力も備わっている。

謙遜《けんそん》なのか、玖月自身はなかなか認めようとはしないけれど。

「どうでしょうね。前はワーカホリックなんて言われるほど詰めてましたから、仕事してる時間だけは誰より長くて」

「今は？　ちゃんと休んでる？」

「今日だって、こうやって戸明さんと美味《うま》い酒を飲んでますしね。家にもちゃんと帰ってますよ？　最近は仕事明けが楽しみで、待ち遠しいくらいです」

「任せられる人が増えてよかったね」

「それもありますけど……」

銀色の猪口を口元に運んだ男は、どことなくはにかむように笑んだ。

「家がだいぶ居心地よくなってきたからかも。こないだ戸明さんが勧《すす》めてくれたウンベラータ、気に入ってます」

「ああ、観葉植物？」

ドッグカフェに置かれた大型のフィカス・ウンベラータを玖月が自然を感じると言うので、部屋に置いてはどうかと勧めた。大きなハート型の葉が愛らしい緑で、殺風景《さっぷうけい》な部屋を和《なご》ませるにはちょうどいい。

「なんか部屋が明るくなったし、水やりの世話があると積極的に家に帰ろうって気にもなりますね。戸明さんが魚の餌《えさ》もあんまり自動給餌《きゅうじ》に頼ってなかったのが、わかるっていうか……」

心地よさげに緩んでいた男の顔が、見る間に強張《こわば》った。

まるでその場を見ていたかのような言葉だ。

「すみません」

玖月はぼそりと言った。

「もう三十回目くらいだよ、その『すみません』は」

「え？」

「謝ることないのに。忘れるって約束は反故《ほご》にしたんじゃなかった？　それに君は僕を救ってくれた。とっくに差し引きゼロだろう？　いや、プラスかな。最初から君に落ち度があったわけでもないんだし」

説得を理解はしても、納得していないのがわかる。

玖月はそんな顔をしていた。あれからまだ一度も互いの部屋を行き来していない。プライベートな領域に踏み込むのを躊躇《ためら》うのは、完全に自身を許し切れない玖月の心の表れなのか。

「君が見ていなかったものだってあるのに」

「え?」

「ベニサンゴヤドカリ。底にいるから見落としてたんだろう? なんなら今からでも……」

心地よい酩酊感《めいていかん》。アルコールのおかげで、戸明の口も滑りやすくなっていた。

煌めく日本酒を一口で呷《あお》る。『帰りに見て行けば?』と軽く口にしようとしたところ、声がした。

「え……戸明先生?」

あらぬ方角、通路を案内されてきた客の中から男の声は響いた。


半個室でもないテーブル席など、知人が隣り合わせてしまえば距離はないも同然だ。

「それにしても奇遇ですね。まさかこの店で一緒になるなんて。あっ、でも戸明先生、随分気に入ってましたもんねぇ」

とりあえずの一杯でビールを注文した伊塚《いづか》はこちらに身を乗り出し、上機嫌に言った。彼の向こう側に座った妻、戸明の秘書である小南《こなみ》のほうが居心地が悪そうにしている。

「すみません、なんだかお邪魔したみたいで」

「そんなことないよ。ここは君のおかげで知った店だし」

以前、クライアントとの会食に利用した店だ。小南が探して予約をしてくれ、伊塚も食事に同席していたから鉢合《はちあ》わせても不思議はない。

ただ、ほかにも連れがいるのは意外だった。伊塚らの向かいに座った女性二人はどことなく覚えがあると思えば、結婚披露宴《ひろうえん》に出席していた、小南の学生時代の友人たちだ。

今日は伊塚の友人男性二人も交え、六人で食事の予定がキャンセルの連絡が入ったのだという。

「こんなとき、同じ会社ってのはリスクですね。向こうから改めて紹介してくれって言ってきたのに」

男性二人は同じ職場で、仕事の都合が重なったらしい。伊塚はぼやくも、女性たちはあまりがっかりした様子もなく、にこりとこちらに微笑《ほほえ》みかけてきた。

「また先生にお会いできるなんて、ご縁を感じますね」

「はぁ……まぁ、確かに」

「お話ししてみたかったんですよ」

「はぁ……ありがとうございます」

戸明は鈍《にぶ》い返事を繰り返しつつも思い出した。

そういえば披露宴の後も、彼女たちが話したがっていたと伊塚が言っていた。今はその関心は分散し、主に無口に酒を飲む玖月へと向かっているようだ。

チラチラとした女性たちの眼差し。ランチのレストランでも、居酒屋やバーでも、むやみに異性の目を引く男だ。横顔にぶつかる視線を少しは感じているのか、玖月はどこまでもマイペースに小鉢の料理を肴《さかな》に酒を飲んでいる。

「本当に意外だなぁ、戸明先生に若い飲み友達がいるなんて」

伊塚が通る太い声で言った。よくも悪くも無邪気な伊塚には、玖月との関係も会って早々に問われ、戸明は友人とだけ答えた。

どうやらますます好奇心を刺激しただけのようだ。年の差以上に滲《にじ》む隔《へだ》たり。仕事帰りの堅苦しいスーツ姿の戸明と、オンもオフも私服でラフな玖月とでは外見の違いもあまりに大きい。

「そんなに年は変わりませんよ」

我関せず、話を聞いてもいないのかと思っていた玖月が口を挟んだ。

「そうなんです？　あー、玖月さん、お仕事はなにを？」

「公務員です」

「えっ、法務《ほうむ》関連ですか？」

「警察官です」

素《そ》っ気《け》なくも飛び出した答えに、戸明も驚く。職業まで隠す必要はないとはいえ、玖月が積極的に話に加わり、オープンに語るとは思わなかった。

すぐさま女性たちが反応する。

「うそっ、見えないです。今日はお休みですか？」

「制服姿が想像できませんね。もっとこう……体育会系ってイメージでした、警察の方って」

「いろんな人がいますよ。部署も様々ですから、俺はあまり制服を着る機会はないので、板についてないってだけです」

「制服着ないって……刑事さん？　あっ、もしかして公安ですかっ？」

公安は特殊部隊のイメージでもあるのか。思わず突っ込みを覚えるも、玖月は笑い飛ばすようなこともなく、淡々と答えた。

「ただの内勤です。人目につきづらい日陰部署で、制服を着ても意味がないんで」

意味がないというより、業務の性質上目立たないようにしているのだろう。制服で出入りしようものなら、たちまち警官が詰めていると丸わかりだ。

女性二人は冗談だとでも思ったのか、顔を見合わせふふっと笑った。

以降は自然と自己紹介めいた会話になる。料理の注文の間はそれぞれのテーブルに集中するも、度々一つのグループに収まったかのように二つのテーブルで話が行き交い始めた。

勤め先の話から休日の過ごし方。玖月はあっさりと警察官だと明かしたのとは対照的にほかは濁《にご》しまくっていたけれど、女性たちは職場の女性率が高すぎて出会いが少ないことまで訴えてきた。

会話が途切れそうになる度《たび》、潤滑油《じゅんかつゆ》になる伊塚の存在も大きい。

思えば、アルコールが入ると一層朗《いっそうほが》らかになる男だ。陽気に振る舞ってくれるおかげで、クライアントとの会食も話が弾《はず》み、幾度となく救われた。

けれど今は、困惑もある。ドタキャンの友人二人の開けた穴を、お節介《せっかい》にも埋《う》めようとしているのが見え見えだからか。

「あ、もしかしてうちら人数ぴったりじゃないです？　戸明先生、玖月さん、今夜は偶然の出会いに乾杯ですね」

一人二人と数えるまでもない人数を伊塚は指差し確認し、小南に窘《たしな》められる。

「そんなはずないでしょ、戸明先生にはもうどなたかお相手が……すみません、先生。薫《かおる》くん、ビールのペース早すぎよ？」

「たまの外食くらい自由に飲ませてくれよ。どうせ引っ越したら晩酌ルールが厳しくなるに決まってるんだし。戸明先生、聞いてくださいよ。彼女塩分にもうるさくて、缶ビールどころか枝豆や裂きイカの本数まで数えられそうなんです、俺」

「はは、塩分控えめは健康にいいことだよ」

早くもしっかり者の妻に尻に敷かれたようだ。

戸明は微笑ましさを覚える一方、友人女性から飛び出した一言にはドキリとなった。

「沙帆《さほ》たち、新婚でもうマイホームなんて、羨《うらや》ましいなぁ」

玖月が顔を向ける。

「ご結婚されたばかりなんですか？」

「このとおり、もう新婚って空気でもないんだけどね～。去年の暮れに」

「それはまさに新婚ですね。家を購入なさったんですか、おめでとうございます」

大きく打った戸明の鼓動は、そのまま駆け上がるようにリズムを早める。

部下に片想いの末、結婚で失恋してメソメソ泣いたなんて、深酒しても話さないような秘密を回転寿司で玖月に打ち明けた夜。

忘れるはずもない。

——もちろん、玖月のほうも。

「先生、新居が落ち着いたらぜひ遊びに来てくださいね」

小南が気遣ってくれる。今も昔も、彼女がなにも気づかずにいてくれるのは救いだ。

「あ……うん、もちろん寄らせてもらうよ」

「あー、こんなに早くに買うつもりはなかったんですけどね。縁っていうか、あまりにも理想どおりの家だったもんでつい……って、衝動買いじゃありませんよ？　まだ犬はいないし」

同じく、上司に惚れられていたなど知る由《よし》もない良き部下は照れくさげに言った。和《なご》む裏話に反し、温かな空気が一変する。

少なくとも戸明の体感では凍りついた。

「あっ、もしかして覚えてません？　俺ら、ゴールデンレトリバーを飼うのが夢なんですよ〜。ロボット犬じゃなくて、本物の」

「……ちゃんと覚えてるよ」

凍って張りついたかのような舌を、ぎこちなく動かす。

「戸明さん」

テーブルの向かいから軽く呼ばれ、それだけでビクリとなった。

玖月はメニューを手にしていた。翳《かざ》された薄いタブレットは、眩《まばゆ》いばかりの光を放ち、画面には日本酒のボトル画像が並ぶ。

「もう一杯同じのを注文しようと思うんですけど、どうします？　もう日本酒はやめにしますか？」

「え、あ、いいよ、僕も君と同じで……」

明らかに反応がおかしくなるも、玖月は表情一つ変えずに応《こた》えた。

「じゃあまた一合追加で。ここのオススメの寒山水《かんざんすい》、飲みやすくて癖になりますね」

動揺どころか、微笑みさえも湛《たた》えたままだ。

気づかなかったはずはない。そう思いつつも、その『まさか』を考えてしまうほど玖月の態度は変わりなく思えた。

「犬がお好きなんですか？」

伊塚にさえも屈託《くったく》なく声をかける。

同性から見てもあまりに端整に映るその顔で微笑みかけ、伊塚が少しドキッとしたのは、表情に出やすい男であるから傍目《はため》にもわかった。

「あ、ああ……うん、そうなんだ」

「可愛いですよね、ゴールデン。飼ったことはないんですけど、時々行くドッグカフェに二匹いるんです。それが、笑っちゃうくらいそっくりで、最初は区別もついてなくて」

「へぇ、確かに顔立ちはみんなよく似てますもんね」

玖月は念でも押すかのように、笑みを浮かべて言った。

「俺は、戸明さんとはそこで初めて話をしたんです」


居酒屋の声は酔いが回るとさざ波のようだ。

傍《そば》のテーブルの声さえも、砂浜に打ちつける波音のように曖昧《あいまい》に近づいては遠退《とおの》く。

どのくらい時間が過ぎたのかわからなくなってから、玖月の姿がないと気づいた。トイレに行くと席を立ったのは覚えているが、随分時間が経っている。

顔色一つ変えていなかったけれど、飲みすぎて気分でも悪くしたのかもしれない。戸明は身を伸び上がらせ、玖月の消えた通路の先を窺おうとすると、小南の声が耳に入った。

「美羽《みう》、まだ電話《コール》かしら」

そういえば、通路側の玖月に近い席に座っていた女性の姿もない。

「戸明先生？」

途端に気になり席を立った。すでにできあがって眠たげな眼をした伊塚は、戸明が理由も告げずに離れても追ってくる様子はない。

玖月の姿を探した。店の最奥《さいおう》のレストルームへ辿り着く手前で足は止まり、探したわけでもない女性の姿までをも見つけてしまった。

手前の通路で二人は話し込んでいた。

並んでも向き合っても、傍に立つしかないような狭い通路だ。目隠し代わりの大きな観葉植物の陰で、手首のスマートバンドを翳し合っている姿が見えた。

彼女のほうはブレスレット型だ。連絡先でも交換したのだろう。嬉しげな笑みで小首を傾《かし》げた女性のセミロングの髪が揺れる。目にしただけにもかかわらず、頬でも掠《かす》めるような感触と、ヘアコロンの甘い香りを思った。

それほどに、玖月との距離が近かったからかもしれない。

玖月の顔は窺いづらい。

重たく下りた黒髪に阻《はば》まれ、目元はよく見えないながらも、口元は微《かす》かに笑んだ気がした。

錯覚《さっかく》じゃないのか。踵《きびす》を返してから慰めのように思ったところで、もう振り返れなかった。

立ったばかりの席へと一目散《いちもくさん》に向かいながら、甘い匂いが鼻先を掠めた気がして、戸明は何度か鼻を擦《こす》った。

「良い夜ですね」

声にハッとなって顔を起こしたのは、駅側の通りへ向け公園を過《よ》ぎっているときだった。戸明はつい黙々と早足になり、気づけば玖月の前を歩いていた。

店の通路で目撃してほどなくしてから、二人とも席に戻ってきた。同時だったけれど、伊塚や小南は気にした様子がなく、もう一人の女性だけが何事か彼女に囁いていた。

その後、戸明と玖月は先に店を出た。元々一つのグループでもなく、あまり長居するのも店に悪い。

歩調を緩めた玖月は夜空を仰いでいる。戸明も倣《なら》うように空を見ると、眼鏡のブリッジを指でクイと上げた。

月が出ていた。

公園の開けた夜空には、丸く膨《ふく》らんだ月がぽっかりと浮かんでいる。

「子供の頃、月が出てると安心したんですよね。だから、今も見えるとホッとするっていうか……昇ってたからって、なにをしてくれるわけでもないんですけど」

「明るいってだけで安心できる気はするね……きっと本能的なものだよ。昔の人は夜は星明かりだけが頼りで生活してただろうし、今だって……」

「戸明さん、どうかしました？」

「え……どうって？」

話を合わせたつもりが、急に問われて戸惑う。

「いや、店出てから、なんか様子が変かなって」

「べつに……ちょっと気になってただけだよ。帰ってよかったのかなって……君は飲み足りなかったんじゃないのか？」

「もう充分飲みましたよ。腹もいっぱいだし……今夜は調子に乗って飲みすぎたくらいで」

そのわりに、まるで酔いを感じさせない横顔だ。ふらつくこともない。ズレてもいない眼鏡を、急に神経質にまた直し始めた自分のほうがおかしい。

「まだ話したそうだったよ、彼女。後で連絡すればいいだろうけど」

戸明はセミロングの彼女の名前も知らない。誰とは言わなかったが、玖月はそれだけですべてを察したようにパッと答えた。

「しませんよ」

「君がしなくても、彼女のほうが」

「もし来たら、生活安全総務課の連絡先を教えますけどね」

「……え？」

隣を見ると、苦笑が返る。

「最近、ストーカー被害に遭《あ》ってるとかで。そんな話されたら無視できないでしょ、俺も一応警察官なんで」

「じゃあ、それで君を追いかけてまでこっそり話を？」

「具体的な被害の話は出なかったんで、嘘か本当かわかりませんけど」

少しばかり冷ややかな声。これまでも警察官という立場にかこつけ、相談を口実に近づく女性がいたということか。

職務を盾《たて》に取られるような形で好意を示されたところで、嬉しいはずもないけれど。

「君はやっぱり普通に女性と付き合って、普通に遺伝子を残したほうがいいと思うよ」

「なんですか、その普通……ていうか、遺伝子って？」

「褒《ほ》めてるんだよ。随分と君はモテるんだなって……当然だとは思うし、その遺伝子は貴重だから残したほうがいい」

すっと遠退く気配を感じた。玖月が完全に足を止めたのを今度はすぐに察し、戸明も立ち止まって振り返った。

「戸明さん、怒ってるんですか？」

困惑を示してさえ、淡々とした声音だ。リアクションの薄い男に合わせたように、戸明も静かに答える。

「僕が？　どうして？」

「なんか、チクチクするっていうか」

嫌みのつもりはない。けれど、妙な言葉選びをしている自覚はあった。

「……やっぱり、無理があるのかもしれないね」

「無理？」

「玖月くん、僕は君が好きだよ」

玖月は瞠目《どうもく》した。

僅《わず》かな挙動も逃すまいと、戸明は一心《いっしん》に見つめ返した。

「君のことを良い男だと思ってる。見た目だけじゃなくてね。だから君が望むなら、飲み友達になるのも悪くないと思ったし、今もそう思ってはいるけど……その前にはっきりさせておいてほしい」

顔見知り、知人、友人——のその先。恋愛以外で線引きはない。『親友になりましょう』なんて告白は存在しないと頭で理解していても、自分には必要なのだとわかった。

「君と僕はどういう関係なのかな？　今は……これからも」

どこへ行くつもりなのか。示し合わせておかなくては、迷子にでもなってしまいそうだ。

「俺は飲み友達なんて望んでません。ただ……最初からやりなおすべきだと思ってて」

玖月は断言しつつも、最後は尻すぼみにトーンが降下する。

「また『すみません』の話かな？　君はそんなに僕に謝っていたいのか」

「それは……」

「やりなおすって……あの朝、ドッグカフェの前ですませたんだと思ってたよ。僕は君の贖罪《しょくざい》にいつまで巻き込まれなきゃならないんだ。被疑者《ひぎしゃ》じゃなくなったら、今度はずっと被害者なのか？　どうしても君が悪いって言うならなおさら……君が悪いのに、僕のほうが懇願《こんがん》しなきゃならないのか？」

「戸明さん……」

「もう謝るのはやめてくれ。『すみません』はいらない。それから……あやふやな態度も終わらせてほしい。無理なんだ。無理だって……よくわかった」

居酒屋での彼女の甘い匂いの錯覚と不快感。理由なんてとうにわかっている。

毅然《きぜん》と言い渡したつもりが、しまいのほうは少し声が震えた。寒さのせいにするには、もう春だ。

あの日から随分時間が過ぎた。

「これが恋愛じゃなくても、僕は君という人間に惹《ひ》かれてる。友人になりたいのなら、そう言ってくれ」

戸明はズレてもいない眼鏡をまた押し上げようとして、玖月の反応に動きを止めた。

「あなたこそ、俺でいいんですか？」

「……え？」

思いも寄らなかった。

「俺は想像してた以上にあの人との共通点が自分に見つからなくて、ちょっとショックだったっていうか……俺って、べつに戸明さんの好みじゃなかったんだなって」

結婚に犬に。盛大なヒントを無自覚な酔っ払いである伊塚に惜しみなく繰り出され、玖月が察しないはずもない。

それより、戸明のほうは想像だにしていなかった。居酒屋でのさらりとした対応の裏で、玖月がそんなことを考えていたとは。

「彼は、べつに好みってわけじゃ……」

「わかる気はしますけどね。戸明さんみたいな人が、あの人に惹かれるのは……あの人、踏み込んでくれるでしょ？　いるだけで太陽みたいだし」

月明かりの似合う男は、自嘲《じちょう》するように笑む。

「可愛い奥さんもいるのに、こいつがあなたを誑《たぶら》かしたのかって、憎々しく思って見てました」

「たぶらかすって……彼はなにもしてないよ。僕が勝手に好意を持ってたってだけで」

「言わないでください。なにもしてないのに惚《ほ》れられてたなんて、余計に悔しいじゃないですか」

「く、悔しいなら、そういう顔をしてくれ」

言ってから、口を滑らせたのに気づいた。

感情を露《あらわ》にできない気質を、誰より嫌がっていたのは玖月自身だ。

「ごめん」

戸明は詫《わ》びる。互いに言いたいことを言い合っている。他人が耳にしたなら犬も食わない痴《ち》話喧嘩《わげんか》のような会話に陥《おちい》りつつも、目を逸《そ》らそうとは思えない。

ようやく本音でぶつかり合えた。

「好みとか好みじゃないとか、そういうんじゃなくて、僕は君のことを……」

「あなたが好きです」

玖月が言った。

心のままに告げようとした言葉を、奪い取るみたいにして先を越して言った男は、あの朝の目をしていた。泣き笑うような顔をして、戸明の背中に両手を回してきた。

「最初から、ずっと好きです」

「……うん」

頷き返した。こつりと肩に額《ひたい》が触れる。

春はまだ少しだけ夜風が冷たいのを、自分以外のぬくもりを知ることで感じた。

肩越しの月を目にしてふと思った。

やっぱり悪くはない——良い夜なのかもしれないと。

「君の部屋にすればよかったかな」

玄関の扉を閉じた瞬間、戸明《とあけ》は言った。

知らないうちに自宅へ招き入れていた監視カメラが、どこより安心できるはずのプライベートな空間に一抹《いちまつ》の不安を過《よ》ぎらせる。もちろん今はあるはずがない。普段は忘れてもいる。久しぶりに意識したのは、エレベーターでさり気なく繋《つな》がれた手のせいだ。

誰の目にもつきたくはない密《ひそ》やかな時間。

いつもより近い位置で、玖月《くづき》の声が響いた。

「やっぱり……まだ気になりますか？」

「いや、気になってたら引っ越してるよ。カメラの撤去《てっきょ》には立ち会わせてもらったし……君が大丈夫って言うなら、信じられるし」

「大丈夫じゃないかもしれませんよ？」

「えっ」

まさかの反応に顔を向ければ、人の悪い笑みが返る。

「戸明さん、こっち……きて。こっちです」

繋いだ手を引かれ、「わっ」となった。

まだ二度目の来訪《らいほう》とは思えない動きで、玖月はリビングへ向かう。何度かこちらを振り返りつつ導くやけに軽やかな足取りは、磁器《じき》タイルの上で軽く踊ってでもいるかのようだ。

ひらひらと色とりどりの魚の舞う水槽《すいそう》の前に到着した。

「実はカメラに死角があって、台座のこの位置は見えてなかったんですよね」

水槽のソファ側だ。台座だけでも、座れば大人もすっぽり収まるほどの高さがある。

背にして玖月は床に座り、戸明も隣に並んだ。

吹き抜けの天井が一層《いっそう》高く映る。変な感じだ。自分の家にもかかわらず、初めて腰を下ろす場所であることも、見慣れない眺めも。

隣で玖月が呟いた。

「なんだか海の中にいるみたいだな」

ゆったりと頭上を泳ぐ魚たちに、揺れるイソギンチャクやエアーの煌《きら》めき。ガラス越しの水面は遠く、海底にでも沈んだかのような不思議な感覚がある。

「本当だ……綺麗だな。うちの水槽じゃないみたいだ」

「綺麗だけど、俺はちょっと怖いかな」

「え、怖いの？」

「溺《おぼ》れそうっていうか……グラスが体質に合わなくて。仕事でよく使うんですけど、水中にいるみたいな感じで息が上手くできなくなるんですよね。おかげで本物の水まで怖くなってきたっていうか」

網膜投影《もうまくとうえい》のグラスは少なからず違和感があるものながら、意外な弱点に驚いた。

「玖月くんは泳げないの？」

「どうかな、昔は泳げたんですけど。ハウスにいた頃、夏はみんなで海に行くのが恒例《こうれい》で、真っ黒に日焼けするまでワイワイやってました」

「想像できないな……君の日焼けもワイワイも」

「ははっ、普通のガキでしたよ」

真夏の太陽の元にいる玖月はイメージしづらい。けれど、夏は欠かさず巡《めぐ》ってくる。昔も今も。

「じゃあ今年の夏は海に行こう」

「日焼けするために？　二人でワイワイ？」

玖月の戸惑いに戸明は笑った。

「違うよ。本物の水の感覚を思い出したら、グラスとは違うのに体が気づくんじゃないかと思ってね。プールでもよさそうだけど」

「そっか、なるほど……効果あるかも。ていうか、戸明さんも海って感じが全然しないな」

「作り物の海なら毎日見てるけどね。最後に泳いだのって、いつだったかな……」

戸明は水槽を仰《あお》ぎ、海に似た輝きを浴びる。左腕に熱を感じた。スーツ越しでも淡く伝わる男の体温。

駆け回れるほど無駄に広いリビングの片隅で、水槽の陰に二人。こそこそと身を寄せ合うようにして話をしているのが奇妙で、なんだかひどく愛《いと》おしい時間にも感じられる。

隣を窺うと、玖月は後頭部を押しつけるようにして、水槽を仰ぎ見ていた。

「あっ」と急に首を捻《ひね》る。

「ベニサンゴヤドカリ！　戸明さん……」

白い巻貝を背負ったヤドカリ。岩の陰から現れた、赤い水玉のソックスでも履《は》いたかのような和《なご》む居候《いそうろう》の姿に、玖月は声を弾《はず》ませる。

言葉は途中で途切れた。

ほのかな体温が重なる。

戸明は身を乗り出し、その唇を封じていた。

「……ここなら、見られる心配もないいんだろう？」

今はどこだろうと心配はない。にもかかわらず戸明は言い訳めいた言葉を口にし、玖月からの返事は柔らかな唇の感触だった。

軽く押しつけ合って離れる。見つめ合ってもう一度。いい年してキスすら未熟ながら、もう恋人なのだと思えば少しは大胆にもなれた。

戸明は目を閉じ、唇を開いた。

招く仕草に、すぐさま濡れた舌が沈み入ってくる。まるで勝手を知り尽くした部屋のように、玖月はするっと侵入してきた。

「……んっ……」

走り出した傍《そば》から器用に動く舌先に、体がふるっと震える。

無意識に身が竦《すく》む。くすぐったさとも違う感覚が溢れる。狙いすましたみたいに同じところを幾度もなぞられ、偶然ではないとわかった。

覚えられている。

キス一つで自分が腰砕《こしくだ》けになってしまった場所も、探り方も。

「……ぁ……」

「……戸明さん？」

覗き込んでくる眼差しに、うっすらと膜《まく》でも張るように滲んだ涙を感じる。

「眼鏡、もういい？」

フレームに指がかかった。返事もしないうちに、服でも脱がすようにゆっくりと引き抜かれて、透明なレンズの壁を失うだけのことがやけに恥ずかしい。

これまで眼鏡の安心感に浸《ひた》っていた弊害《へいがい》か。

視線が揺らぐ。ゆらゆらとふらつかせながら、戸明は玖月を見る。

「キスしてるときの戸明さん、やっぱり可愛いな」

「可愛いって……」

「何度も思い返してました。忘れるって約束、もう反故《ほご》にしたから、それくらい許されるかなって……だから、俺は闇雲に我慢して友達やってたわけじゃないです」

「玖月くん……」

また唇が触れる。隙間なく重なる。

熱い感触。再び押し込まれた舌は想像より厚みを感じ、口内を撫でられると腰が震える。座っていれば足腰が立たなくなることもないかと思いきや、戸明の正面へ回り込むようにして玖月はキスを仕掛けた。

「……あっ……」

膝頭《ひざがしら》が触れ、息が乱れる。

わざと両足の間に足を押し込まれていると気づくのに、時間はそうかからなかった。逃げ場もない。ビクともしないひやりとした台座に阻《はば》まれ、腰をもぞつかせるほど玖月の存在を意識する。

「あ…っ……待っ……」

当たる男の膝頭を押し返すように膨《ふく》らんだ自身を感じ、身が震えた。思わず玖月のシャツを握り締め、抗議か救いを求めてかわからない声を漏らす。

「……気持ちよくなっちゃいました?」

囁きにあっさりと秘密を暴《あば》かれ、ただでさえ熱を上げた頬が火照《ほて》った。

「こ……ここで?」

舌を縺《もつ》れさせながら問うと、「どうしますか?」と逆に問い返された。

「俺はどこでも……あなたが望むところで」

至近距離に眸《ひとみ》がある。深く澄んだ黒い眸。冷たいようでいて、今は熱い。それだけのことに堪《たま》らなくなる。

戸明は首筋に腕を回した。

恋人になったばかりの男に甘えるようにしがみつき、その耳元で声を震わせた。

「ベッドに連れて行ってほしい」


腰砕けでは二階の寝室は遠い。手摺《てすり》のないストリップ階段など、玖月の支えなしには到底《とうてい》登れそうもなかった。

「……あっ……」

服を脱がせる傍《かたわ》ら、悪戯《いたずら》を施《ほどこ》してくる手指に、戸明は広いベッドに横たわらされた身をくねらせる。いつなんどきも見た目だけであろうと余裕綽々《しゃくしゃく》に映る玖月を少しずるいと思った。

呼吸も思考も、乱れるのは自分ばかりだ。

「そういえば、戸明さんのスーツ、脱がせるの初めてでドキドキするな」

「……全然、そんな……顔、してない」

初めて聞く、自分の拗《す》ねた声。

言葉と裏腹に、顔色の変わらない男は首を捻った。

「ドキドキってどんな顔です？」

真顔で問われ、言葉に詰まる。返事にも露《あらわ》になっていく肌にもまごつき、視線が泳ぎだす。

見つめる玖月は目を細めた。

「……今わかりました、どんな顔か」

「わ、わかってない、これは……違うから……」

赤く色づいた頬に降りる男の唇は、嬉しげな笑みに綻《ほころ》ぶ。

「……やっぱり、可愛い人だな」

「可愛いなんて……言われる年齢でも性格でもない……」

「そう？　俺には可愛らしく見えます。ギャップがそう思わせるのかな……昼はスーツ着てバリバリ仕事してる戸明さんが、こんなに無防備でいてくれるなんて」

「……ぁっ……」

はだけたシャツの胸元を、するりと手のひらが撫でた。触ってほしいとばかりに小さな粒が膨らんでいるのを、指の腹にやんわり転がされて感じる。

反射的にぎゅっと目蓋《まぶた》を落とした。閉じたところで、眼差しから逃れようもないというのに。人の成長を促《うなが》すのが経験ならば、恋愛においては自分は赤子や幼児なのかもしれない。

そのくせ、体ばかりは成熟した大人で。

「……ひ…ぅっ……」

玖月は器用に片手でベルトを外した。

ずるっとスラックスを下着ごと引き下ろされると、昂《たかぶ》ったものが露になる。上向いた性器に指を回され、きゅっと幹《みき》を握られただけで声が零《こぼ》れた。

「うぅ……ぁっ……」

空いた左の乳首に唇が下りてくる。右も左も。胸元や下腹部で指や唇が蠢《うごめ》き、性感を高める。そのくせ刺激的とは言いがたく、淡い感触はもどかしいほどに優しい。

肝心なところを迂回《うかい》でもするかのように避けられ、次第にくすぐったさとは別の意味で身が捩《よじ》れた。

「く、玖月く…ん…っ……」

無意識に背筋を撓《しな》らせ、戸明は強い愛撫を求めた。ねだりがましく腰まで揺れる。媚態《びたい》に熱い視線を玖月が送っていることにも気づかず、火種に身を焼き始める。

「玖月くん…っ、もう……」

「……もう、なんです？」

「あ……してっ、くち……手も……」

やわやわと唇や指で撫で回されるだけの、左右の尖《とが》りがじれったかった。もっと乳首を刺激してほしいなんておかしい。せがむなんてどうかしている。

見つめ合った男は笑んだ。

「口でしてほしいんですか？」

「え……？　あ……っ、待って、ちが……っ……そっち、じゃな……っ……くて……」

玖月は身を沈めた。

腿《もも》の辺りにまだスラックスを纏《まと》わりつかせた戸明の下半身を封じ込めるよう押さえつけ、泣き濡れた性器に口づけてくる。

――勘違いか、わざとなのか。

「ちが……っ……」

「……違うの？　もうガチガチですよ？　びっしょりだし……」

「あっ、君が……っ……焦《じ》ら、すから……っ……ぁん……」

「だから、口でしてほしかったんでしょ？　こうやって……」

「ふっ……ぁ……」

訴えは意味を成さない。瞬《またた》く間に訂正の必要もなくなってしまう。

後戻りのできない快感が芽吹《めぶ》く。蕩《とろ》けた先端を唇に包《くる》まれ、戸明は「あっ、あっ」と上擦《うわず》る声を上げた。

二度目だからといって慣れることはない。感覚が鈍《にぶ》ることも、恥じらいを忘れることも。むしろ知っている分、感じやすい体は淫《みだ》らな期待を膨らませ、透明な雫《しずく》が瞬く間に浮いてとろとろと溢れ出す。

唇が離れると、先走りは幹を伝った。尖らせた舌で道筋を辿《たど》られると、まるで『ここですよ』と教えられてでもいるかのようで、体も頭も熱くなる。

「う……う……や、ぁ……」

弄られて透明な涙を滴《したた》らせ、『またこんなに』と舐《な》め上げられる。

すっぽりと口腔《こうこう》の粘膜《ねんまく》に覆《おお》われる頃には、もう腰は蕩け切っていた。

「……あっ、あっ……あっ、や……ぁ……」

不意に口淫《こういん》を解《と》かれ、声色は一層切なく響く。纏わりついたままの戸明の衣服を取り去り、玖月は自身も服を脱いだ。

現れた恋人の裸身に腰がもじつき、両目が潤《うる》みそうになった。気休めでも隠してくれる眼鏡はもうない。遠く一階に置き去られたままで、顔を背《そむ》けようとするとこめかみの辺りにキスが下りてきた。

「……フェラでイキたかったです?」

「そ、そう、じゃなくて……」

「今日はこっちで……戸明さん、うつ伏せになれる？」

「え……」

唇はこめかみから首筋へ、項《うなじ》を辿って浮き出た肩甲骨《けんこうこつ》へと。促《うなが》されるままベッドへ突っ伏した戸明は、するすると這い下りた先に息を飲んだ。

薄い臀部《でんぶ》を舌先で割られる。

「やっ……ちょっ…と……」

「ダメですよ、じっとしてて……慣らさないと、戸明さんまだ初めてですよね？」

「まだって……」

「俺がもたもたしてる間に、うっかり……なんてない？」

「あるわけないだろう、そんな…ことっ……」

心外な疑いに首を捩ると、逞《たくま》しさからはほど遠い薄い腰に玖月はキスをしながら笑んだ。

今のは冗談で、揶揄《からか》われたのか。

「だったらよかった。腰、上げてください……ほら、するとこ見せて」

「けど…っ……」

「傷つけるのは嫌ですから」

言葉巧《たく》みな誘導。わかっていながらも従ってしまうのは惚れた弱みか、もしくは——じわりと尻を浮かせただけで、張り詰めたものがヒクンヒクンと呼応《こおう》するように弾むのを感じた。

「……ひ…ぁっ」

大きな手が前へと回り、すべて知っているとばかりに性器に絡《から》みつく。新たに溢れ始めた先走りは玖月の長い指を濡らし、戸明は声をぐずつかせながらも高く腰を起こした。

「玖…月くっ……や……やっ、それ……ぁっ、あ…ぁ……」

信じられない。狭間《はざま》をなぞり始めた舌も、ペチャペチャと淫らな音を立てて、そこへ口づけているのが玖月であることも。

想像するだけで羞恥《しゅうち》に眦《まなじり》が濡れる。

「……ぁっ、や……ふ、ぁっ、うぅ……」

捲《まく》り上げるように窄《すぼ》まりを舐められ、大きく腰が振れた。同時にゆるゆるとした動きで昂ぶりを扱《しご》かれ、振り子にでもなったように腰が卑《いや》しく揺れてしまう。

「……柔らかくなってきた」

「あっ、あっ……や…っ……」

「ヤじゃないです、ほら……」

「あぁ…っ……ん……んっ、んん……」

つぷりと舌先が深く沈み、戸明はシーツに裸身を摺《す》り寄せた。尖りきった乳首が擦れて、余計に切ない。

前も後ろも、玖月に与えられる悦楽《えつらく》に熟《う》れて綻び、一方で育って張り詰め――

唾液《だえき》までたっぷりと送り込むような愛撫に啜《すす》り喘《あえ》ぐ。抜き出された舌が指に変わっても、そこは拒《こば》むどころか、蕩けたように口を綻ばせたままだった。

くちゅっと音を立てて指が沈む。

「……ぁっ、ん……」

「……柔らかいな、あれからだいぶ慣らしました？」

「そっ、そんなこと……」

「もう俺はなにも知らないし、見ることもないんだから、教えてください」

玖月も熱に浮かされてでもいるのか。普段なら口にしそうもない言葉が飛び出す。

今でも頭がぎゅっとなる。あれやそれやも、自宅での行為はすべてつぶさに見られていたと思えば、平静ではいられなくなる。

戸明は、真っ白なシーツに指を立てた。リネンは今朝も替えたばかりだ。玖月と会う日は、もしかしたらといつも馬鹿みたいに意識して……期待してそわそわしていた。

友人でいるのも悪くないなど、本当にやせ我慢もいいところだ。

準備はシーツだけじゃない。

「……戸明さん？」

くぐもる声で答えた。

「たまには…っ……さわっ、触ったりも」

「こんな風に？」

「んっ、ん…っ……あぁ……っ……」

深く二本の指を咥《くわ》え込まされ、泣き濡れた声を上げる。歯を食いしばっても、シーツに顔を押し当てても堪《こら》えきれず、あの弱いところをすぐさま探り当てられて、喉《のど》までヒクつかせてしゃくり上げた。

背中に唇が下りてくる。

「今日は中も……していいですよね？　いっぱい、俺のでしても」

言葉だけでもう駄目だった。

低く艶めいた声で吹き込むように告げられ、それだけで肌が震える。いつも生白い肌は、掲《かか》げた尻や腿までほんのり色づいていた。

熱を上げている。どこもかしこも。

「……っ、は…っ……玖、月くん…っ、あっ、あ…っ……また……」

──またあの場所。

前立腺《ぜんりつせん》のところに指の腹を宛《あ》て、優しく捏《こ》ね回すような動きで嬲《なぶ》られると、息も絶え絶えになるほど感じる。止めどなく溢れる先走りが透明な糸を引き、恥ずかしい染みを作りそうなほどシーツへと滴る。

何度も中が柔らかいと言われた。たまに弄《いじ》るだけではこうはならないと言いたげに繰り返される一方、そこは前より腫《は》れていると指摘される。

「柔らかいのに、中のここだけ……すごく硬いな。勃起してるみたい」

「や……っ……もう、や……」

「……やめてほしいんですか？」

もう感じすぎて辛い。なのに、やめるのは嫌だなんて。メチャクチャに乱れてしまうと知りながらも、もっと確かな続きが欲しくてならない。

玖月が欲しい。

「して……もう、君ので……っ…してほしい」

ねだり声に、高くした尻が振れる。

背後で息を飲んだ気配がした。目を合わせていなくとも感じる。恋人の興奮にわかりやすく中が反応し、淫らなうねりに逆らうように長い指が抜き出される。

「あ……」

熱を感じた。代わって宛《あて》がわれたものは熱く逞しく、先端が触れただけで吐息が乱れる。

「……あ……あぁっ……」

玖月が入ってくる。衝撃に身を竦ませながらも、戸明の中は歓喜したように震え、飲み込む傍からきゅうっと吸いつく。頬張るだけで腹の奥がじんと熱い。

「……はぁ……すごいな、戸明さんの中。痛くない？　大丈夫です？」

「んっ……うん……」

コクコクと頭を振る。深い圧迫感。ガクガクと膝から力が抜け落ちてしまいそうな感覚だけが満たしていた。

奥へと沈み込んだかと思えば、ズッと抜き出され、数回往復しただけで戸明の目元はびっしょりと涙に濡れた。ゆっくりと腰を引かれる度《たび》、ぶわりと勢いよく快感が溢れる。

こんな快感は知らない。

一人では知るはずもなかった。

萎えないままの性器をゆるゆると扱かれながら、解放されたはずの場所を嵩《かさ》の張った先端で探られる。

「や……っ……そこ、は…っ……」

「……ここは戸明さんの好きなとこでしょ」

「ダメ、だめ……そこ…っ……ぁ、あぁ…ん……」

きつく中が収縮するのを感じた。

「あっ……ぁ……」

ぐしゃぐしゃに前髪の乱れた額《ひたい》をシーツに押し当てる。熱を逃がすように振ったところでどうにもならない。

びゅっと白濁《はくだく》が噴いて零れた。しゃくり上げるように容易《たやす》く迎えた射精は、量こそ少ないものの隠しきれるわけもない。

玖月の手を濡らした。

「……今のでもうイッちゃったんですか?」

「ごめ…ん…っ……」

「そっか……あんまりイキやすいと、俺とのセックスはきついかもしれませんね」

「……あ……玖月くん?」

相性が悪いと言われたのかと、ひやりとなった。恋愛経験値が地を這うほど低い戸明ながら、恋人になれば体のフィーリングも大切なのはわかる。

不安げに向けた目に、玖月は少し困ったように笑んだ。

「俺、そんなに早くありませんから……人より遅いくらいで」

「あ……」

「だから、いっぱい泣かせるかも」

「……んっ、あ……も、もう?」

「俺はまだこれからです」

一旦抜き出されたかと思えば、戸明を仰向《あおむ》かせた玖月はすぐに覆い被《かぶ》さってきた。今度は、両足を膝裏から抱え込みながら深々と貫《つらぬ》かれる。

「あ…ぁ…っ……」

「……これなら、顔見ながらできますね」

まだ始まったばかり。先に達した分だけ次こそ長く保てるなんて考えは、すぐにも誤りだったと気づいた。

「んっ、は……ぁっ、は…っ……や、まだ……ぁっ……」

ぐずついたままの腹の奥が熱い。ぐしゅぐしゅと鳴る音に、頭の中まで掻《か》き回される。性器は痛いほど張り詰め、玖月に突かれる度にひくんひくんと浅ましく跳ねて震えた。

止まらない。恥ずかしい動きも、啜り喘ぐような声も。

「……く、玖…月くん…っ……また……」

「……もう？」

「んっ、ん……あっ、も…っ……出そ…う……なんか…っ……へんっ、変でっ……ぁっ、あ……ぁっ……」

「……可愛いな。そんなにお尻、気持ちいいんですか？」

いつの間にか、ぎゅっと目は閉じていた。

開けてというように、眼鏡のない目元を指で撫でられ、浮かんだ涙も指で拭《ぬぐ》われる。

目蓋を起こせば、玖月の整った顔が至近距離で自分を見つめていた。

「玖月くん…っ……」

顔を包み込む大きな手のひら。乱れた髪を優しく撫でつけられ、吐息が零れる。感じ入るまま綻んだ唇も指の腹で摩《さす》られ、無意識に舌を伸ばした。

拙《つたな》い舌使いで舐めた。

深く繋がれた場所が切なく収縮する。玖月の熱い屹立《きつりつ》に粘膜が纏わり、そのまま抽挿《ちゅうそう》を繰り返されると、戸明は鼻にかかった甘え声で幾度も啼《な》いた。

「指、好きなんですか?」

「きっ、君の指……きれ、いだなって、店で……思ってた…っ……」

「そのときに言ってくれたらいいのに……ベッドで知るってのも、いやらしくて堪《たま》らないですけど?」

揶揄《やゆ》る玖月の黒い眸。まるで黒曜石《こくようせき》のように濡れ光って映る。

戸明は、自《みずか》ら誘い込むように舌を絡ませ、指を咥えた。あの店で見た、銀色の錫《すず》の輝き。猪口《ちょこ》の光を浴びていた美しく男らしい手を思うと、それだけで体が揺れる。

指に吸いつきながら、繋がれた腰を漕《こ》がせた。

「んっ…ん…っ、ぅ……ぁ……」

「……なか、気持ちいい?　戸明さん、いい?」

「ん……ぅん、い…っ……んっ、ん…っ…いひ……いいっ」

指に阻まれ、上手く声にならない。自ら飲んでおきながら、ぽろぽろと涙が溢れる。

「ふっ……ひ…ぁっ……」

ズッと強くあの場所が擦れた。張りだした先端でやんわりと抉《えぐ》って嬲られ、指をしゃぶるどころではなくなる。

唾液に濡れた指を抜き出されると、戸明はたちまち頭を振って切ない声を振り撒《ま》いた。玖月以外には到底聞かせられない、淫らな甘い声を響かせる。

「や……そこっ、ぁ……あぁ……んん…ぅ……」

擦れているところが熱い、入口も奥も。

すぐに感じやすいところを虐《いじ》めたがる玖月にどこまでも泣かされる。

「……ぁっ、あ…っ……そこ、ばっかり…っ…や、ら……そんな、したらっ……」

「したら？　またイッちゃう？　いいよ……いっぱい射精、して見せて？」

「ふっ、あっ……あっ、もう……みも、君も……玖月くっ……」

「……論《ろん》です」

声に驚いて、濡れた目を瞠《みは》らせた。

思いつめたような熱い眼差しで、玖月は自分を見ていた。

「俺の名前……あなたに、名前で呼ばれたい」

覚えている。出会った日のこと。本当はもっとずっと以前にカメラのレンズ越しに知り合っていたのだろうけれど、自分にとってはあの晩のドッグカフェが初めてだった。

二度目に会ったとき名前を教えてくれて、『可愛い名前だね』と返した。

君は、名づけの意味は知らないと答えた。

「……論…っ」

響かせた傍から、愛しい名前へと変わる。

「ろん…っ……論、君が……好き」

戸明は抱き寄せるようにして、しがみついた。ぴったりと重なり合う肌に、「あっ」と上擦る声と吐息が零れる。

「俺もです、戸明さん……依史《よりふみ》さん…っ……」

振り落とされまいと、その背にしっかりと両手を回した。名を呼び合って確かめる間にも、激しくなる注挿に、波荒く体は揺さぶられる。

無意識に迫《せ》り出した腰を一際強く突き上げられ、欲望が弾けるのとほぼ同時に、玖月の迸《ほとばし》りを奥深いところで熱く感じた。

「あなたが好きです」

囁きに籠《こ》められた想いも、戸明を震わせた。


一筋の光が下りていた。

休日と言えど、戸明の朝はそこそこに早い。寝室のバーチカルブラインドは設定時刻に開いて朝日を迎え入れ、戸明はベッドの端から伸びる光を感じつつも寝そべるままだった。

隣で眠る男の顔を見ていた。

寝顔でさえハンサムな恋人の顔。寝乱れた前髪の隙間から、穏やかに閉じた目蓋が見える。

普段から若く見える玖月は、それ以上童顔になることもないけれど、安らかな寝顔は無邪気だ。いつまでも眺めていたい気分になる。

初めてだ。好きなだけ見つめられる貴重な時間。

恋人同士だからこそその至福のひとときに、白い日差しは無粋《ぶすい》にも戸明の背を乗り越え、玖月の顔まで照らそうとしている。

光を手で遮《さえぎ》ろうとしたところ、思いがけず唇が動いた。

「もう起きてます」

目が開いて、ビクリとなる。

「お、起きてたんなら……」

「依史さんに眺めてもらう至福に浸っていたところです」

まるで自分の密かな楽しみまで見抜かれたようで、心臓に悪い。

照れくさい朝だ。玖月の黒い眸には、後光《ごこう》を浴びた自身がシルエットとなって映り込んでいる。

「おはようございます」

「おはよう……論」

恋人ははにかんだ。

「早起きですね……って、もうこんな時間か」

勝手を知った我が家のように、迷わず背後の壁の時計を見る。気づいた戸明に戸惑いはなく、玖月からも『すみません』はもう出なかった。

「今日はいいの？　君は仕事なんだろう？」

「夜からですしね……休みが違っても、こうやって泊まってのんびりできるし、昼夜逆転も悪くないかな」

「そうだね、ゆっくりしていけば……」

「あっ！」

急になにか思い当たったようで、玖月は半身を起こした。

「ヤドカリの件は早めに知らせてほしいな。游崎《ゆうざき》の見舞い、日にちが決まったらすぐに」

「それは……現役の警察官の君を付き合わせるのはちょっと。バレたらどんな疑いをかけられるかわかったもんじゃないし」

「誰にバレるっていうんですか。あー……病室にドローンが入ってたり？」

目にも留まらないサイズのドローン型のカメラ。冗談でもなさそうなのは、玖月の眼差しからも游崎の裏事情からもわかる。

未だに警察のマークしている人物ならば、動き次第で監視の対象になりかねない。病人がそれほどの犯罪に関わるとは、考えたくもないけれど。

「本当にまずいじゃないか。絶対ダメだ、君は連れて行かないから」

戸明も右肘《みぎひじ》をついて身を起こした。

「じゃあ、駐車場まで！　車で送らせてくださいよ。なにもなければ踏み込んだりはしません。用心棒……運転手ならいいでしょ？」

玖月の勢いに気圧《けお》される。まるで心配で付き添うというより、自ら行きたがっているかのようだ。

「なんでそんなに拘《こだわ》るんだ。大丈夫だよ、危ないことなんてないから……」

「依史さんとドライブいいなって思ったのに」

「え？」

「長野でしょ？　良いホテル探しときます。あ、せっかくだし旅館がいいかな。見舞いならすぐに終わるだろうし、時間はたっぷりありますよね。観光もいいけど、旅館でまったりもいいし……奮発《ふんぱつ》して離れの部屋ってのも」

戸明はポカンとなった。

月明かりの似合うクールな男のはずの玖月は、休日の朝のベッドの上では、まるで馬脚《ばきゃく》を現し、しっぽまで出てしまったかのようだ。

見た目は昼も夜も変わらないだけに戸惑う。

「君はあの一瞬でそんなことを考えてたのか？」

「当然でしょう。好きな人から一泊なんて提案されたら」

「て、提案なんてしてない、一泊だから君は無理だろうって話でっ……」

「妄想くらいさせてください。ドキドキが止まらなくて、それまでにはどうにか再告白したいなって思ってたところです。『それまで』が当日になっちゃいましたけど……依史さん、思ったより早いから？」

「は、早いって……」

言葉に視線が泳ぐ。一晩かけて見慣れたはずの玖月の均整の取れた裸身も、また意識し始めてしまう。

玖月の宣言のとおりになってしまったセックス。最初は一回自分のほうが多いだけですんだけれど、玖月の二回目は当然のようにその差が開いた。

数えきれてすらおらず、思い返しただけでじわりと顔が火照り、両目が潤む。

眼鏡が必要だった。

ベッドの上では意地悪な年下の恋人は、くすりと笑んだ。

「気が早いって意味ですよ？」

「……嘘だ。絶対、ウソに決まって……」

濡れた眸を覗き込まれそうになり仰《の》け反《ぞ》る。

重力に負け、そのままベッドへ転がり戻った。

「本当です。ドキドキが止まりません」

「や、やっぱり君は、今の十倍くらい大げさに顔に出す努力をしてくれよ」

「ドキドキって、笑ったり泣いたりより難しいんですよね……慣れが必要っていうか」

覆い被さり、触れそうに近づく顔にぎゅっと目を閉じると、本当に唇が触れた。

臆面《おくめん》もない真顔で、玖月はチュッとキスをしてくる。

「復習させてくださいよ。依史さんのドキドキが見たいな」

「ま、また今度……」

「今度っていつ？　次の休み？　俺が非番の日ですか？　気が早い依史さんだし、なんなら今からでも……」

「論！　起きたんなら朝食を作るよ」

這《ほ》う這《ほ》うの体《てい》で身の下からも、ベッドからも抜け出すと、玖月は楽しげに笑っていた。やり返す余力もなく、散らばる服を慌ててかき集める。昨夜、風呂の後に玖月と揃いで着たスウェットは、ベッドに戻れば意味がなかった。

身につけ始めた戸明に、玖月は言った。

「あー……朝食なら、あれが食べたいかな」

「……なに？」

振り返り見ると、ちょっと言いづらそうに口にする。

「依史さんが、休みの朝にたまに作ってたやつ」

「フレンチトースト？」

カメラ越しに朝食チェックまで入っていたとはだ。驚きつつも、密かに食べたいと玖月が心に留めていたかと思えば、微笑《ほほえ》ましくもある。

監視室のモニターの前で、お腹を鳴らす姿がふと思い浮かび、戸明は笑んだ。

「いいけど、君の口に合うかな。僕のフレンチトーストはしっかり甘いよ？　子供の頃に母が作ってたレシピだから」

「甘いの歓迎。俺も手伝います」

「じゃあ一緒に作ろう」

玖月も手早く身支度をして、ベッドを降りた。

広がったブラインドからは、朝日が部屋をもういっぱいに照射《しょうしゃ》していた。陽だまりを過《よ》ぎるようにして、二人は空腹を満たすべく寝室を出た。

あとがき
AFTERWORD
―砂原糖子―

近未来だけど回転寿司が回っている程度の未来です。

こんにちは。はじめましての方がいらっしゃいましたら、はじめまして！　砂原《すなはら》です。

またまた変な話を書いてしまいました。人型ロボットも猫型ロボットもいない未来です……と言いたいところですが、猫型はポケットから便利道具を出してくれない愛玩《あいがん》ロボットならいる様子。玖月《くづき》や戸明《とあけ》は本物としか触れ合っていないので、動物に関しては未来の必然性は薄く、ひたすらに監視カメラのために生まれたような未来設定であります。シリアスにもBL要素にも対応の羽虫《はむし》サイズのドローン型カメラくん、いかがでしたでしょうか？

私の賃貸の仕事部屋に三つもある火災報知器への疑惑から生まれた話です。1Kに三つは多すぎやしませんか？　雑誌のコメントで1LDKと書いておりましたが1Kです。何故間違えた！　すみません、見栄を張ったわけではありませぬ。ますます狭くなり、ますます深まる疑惑。通路の火災報知器も豊富で、たまに鳴りやまなくなったりするくらいなので、大家さんが防火対策に慎重なだけなんだろうとは思います。

しっかり者の大家さんゆえに疑われる火災報知器。しかしそれ以外も、人一人通れそうな段差が無駄に天井にあったりと（アクション映画によく出てくるダクトサイズ！）、謎構造な部屋です。映画の観すぎか妄想が尽きず、ついには受が監視されることになりました。

受難《じゅなん》の戸明が眼鏡を愛用しているのは、草間《くさま》さかえ先生にメガネ受を描いていただきたいという、私の下心の全開です。窓開きすぎながら、ハーフリムの眼鏡姿の戸明から滲《にじ》む色気にノックアウト。玖月も夜の似合うミステリアスかつハンサムな年下攻に仕上げていただき、至福の極みです。魚たちも部屋のストリップ階段も、一つ一つがハッとなるほど草間先生のイラストの魅力に溢れていて、冴《さ》え冴《ざ》えとした夜の世界を感じます。

草間先生、担当さま、この本に関わってくださった多くの皆さま、ありがとうございます。本が発行されるまでの端々《はしばし》で、プロフェッショナルなお仕事ぶりを感じ、自分の不甲斐《ふがい》なさを痛感するわけですが、不甲斐ないにもかかわらずまた本を出していただけるなんてむしろすごいではないか！と最近は自分を慰めてみたりもします。すべてはご助力のおかげです。

そして読んでくださった皆さま、本当にありがとうございます。

亀にも歩みは追い越され、毬藻《まりも》の成長速度にも満たない私ですが、進化が止まっていないことを祈りつつ。小説ディアプラスのアンケートやお手紙などで、温かいご感想くださった方もありがとうございます。たくさんの元気と勇気をいただきました。

また次の話でもお会いできたら嬉しいです！


砂原糖子。

2022年5月

この本を読んでのご意見、ご感想などをお寄せください。
砂原糖子先生・草間さかえ先生へのはげましのおたよりもお待ちしております。

〒113-0024　東京都文京区西片2-19-18　新書館
[編集部へのご意見・ご感想] ディアプラス編集部「月は夜しか昇らない」係
[先生方へのおたより] ディアプラス編集部気付　○○先生

- 初出 -
月は夜しか昇らない：小説DEAR+21年フユ・ハル号（Vol.80,81）
夜明けの月と僕：書き下ろし

[つきはよるしかのぼらない]
月は夜しか昇らない

著者：**砂原糖子** すなはら・とうこ

初版発行：2022年6月25日

発行所：株式会社 新書館
[編集] 〒113-0024
東京都文京区西片2-19-18　電話（03）3811-2631
[営業] 〒174-0043
東京都板橋区坂下1-22-14　電話（03）5970-3840
[URL] https://www.shinshokan.co.jp/

印刷・製本：株式会社 光邦

ISBN978-4-403-52551-3